序

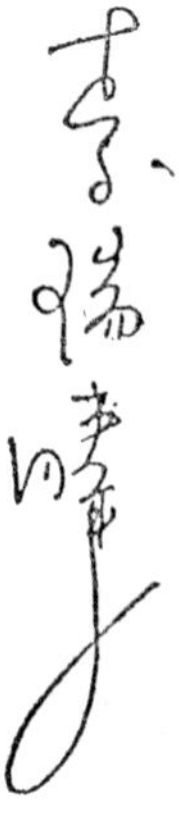

幾年來，我常想寫幾本論述文學的書。最想寫的是：以臺灣為中心，討論分析其與四周的文學關係。所謂的四周，西隔臺灣海峽卽中國大陸，東越太平洋卽美利堅合衆國，北方是曾統治臺灣半個世紀之久的日本，南方則是遼濶的中南半島和南洋各地。現在，條件顯然還不充分，主要是個人學養有限，尤其是對於周邊的理解仍然嚴重不足，還需要長期的努力。

我也極想寫幾本教科書，譬如說《新文學教程》，逐步引導學生走入新文學世界；又譬如說《應用中文》，把中文的應用，在文字、文學與文化各不同層面，就歷史與現實雙重考慮，建立起一門系統知識，啓導學生對於與中文有關的實務有所認識，進一步可以勇敢地走入社會工作現場。

類似的一些想法不少，而且都不只是靈光一閃而已，有的都已經有了初步的構思，資料也陸續在蒐輯，但要寫成專書，或在現實中去實踐，談何容易呢？於是我只能一點一滴把它們記錄下來，甚至寫成短章雜稿，以待來日。這本《文學關懷》中的部分文章是這樣來的。

我的工作量很大，一方面在大學校園從事文學教學，一方面從事文學媒體的編輯，而且參與不少社會的文化服務工作，也因此而形成複雜的關懷面，在文學上，有古典有現代，有作家有作品，有本質有現象，野心頗大，能力有限，常有不堪負荷之感。其實我是應該下定決心割捨掉一些，但以我的性情，以及眼前的實際狀況，一下子似乎也不太容易做到。

寫序之時剛滿四十，四十歲的心情確實複雜，看來非但不能「不惑」，反而是所惑者多，誰能解我之惑？想想，大概只有自己了。

一九九二年八月二日於臺北

文學關懷

輯一——本質

影響文學創作的因素

把文學創作視爲一種行爲加以研究，應該不失爲一種明智的思慮。這樣的思考取向，基本上來自行爲科學中做爲整合的一個理論基礎。

行爲科學是「人的科學」，是心理學、社會學與人類學的合流，是一種學術研究的方法論，也是一種思考的方式，其理論系統乃建立於「一個人的行爲無時無刻不受著體質因素、符號因素、物質環境、社羣環境等四個因素的影響和控制」這個基礎上，前二者是內在的、主觀的條件，後二者則是外在的、客觀的條件。

文學或其他藝術類型的創作也是一種行爲。文學創作所形成的文學風格或品質，自然也脫離不了這四大因素的支配，以下我試圖加以詮釋：

「體質因素」，除一般的所謂「體質」外，還包含有「性情」。性情影響於文學創作是不必多論的事實，至於「體質」，我們當然也可以找出許多實例，一個體弱多病的人，他的作品比較可能出現陰暗色調，消極傾向比較明顯，唐代詩人李賀可爲明證。

「體質」可能影響到作品內容的質性，而「符號」卻對於文學語言之風貌影響甚鉅。蓋符號者，於此乃指文學作品所藉以表現的媒介，張愛玲之爲張愛玲，乃在於別人無法取代的語言魅力；七等生之爲七等生，何嘗不如是。總之，文學符號學成爲體系知識，主要在探索文學的藝術性本身，是文學研究中相當重要的一環。

後二者是外在的、客觀的條件。自然環境之於文學創作，我們只要看中國古代的山水、田園文學，即可知其中的支配情況，這樣的影響不只是個人的創作，同時也是區域性的，就本國來說，濱海地區與邊塞地區、南方與北方的文學風貌，都有很明顯的差異。

至於社羣環境，其影響於文學創作亦是相當重大，畢竟人原本就是社羣角色，詩「可以羣」、「離羣託詩以怨」只不過指出單純的影響而已。社羣環境的政治、經濟、社會等元素，無一不強而有力的牽引著作家的筆。

行爲科學上說，這四種因素，在彼此相互影響中，同時各別的和共同的影響著一個人比較固定的品質，並支配著他隨時隨地的行動。在文學問題的討論上，當然也是這樣，所以一個周全的文學研究，不能只著重在其中的部分影響因素上，刻意的去突出其中之一，很可能會以偏概全，犯下不可原諒的錯失。

七三、二、七《商工日報》副刊

相傳不絕的文學薪火

莊子曾以「薪盡火傳」來譬喻人之形體有盡而精神卻可傳之無窮，這種傳之無窮的精神，應該是指各種崇高的理想和信念，毫無疑問的，它來自於人之智慧。而所謂的「智慧」，乃指一種能透過生命現象以洞察其本質的一種永恒性的眼光。人類普遍的認定是，上一代的智慧要傳遞下去，讓下一代做爲最基本的認知基礎，以便能夠經由不斷地學習與思考，突破前人的成就而開創出更新更廣的天地。

這樣的觀念相當具有歷史性，可以拿來討論文學的傳承問題。

所謂文學的傳承，可以指個人的，可以是流派的，也可以指整個的時代，一方面是向上繼承，一方面是往下傳遞。在觀念上，繼承的應該是上一代的精華，傳遞的應該是這一代的結晶。可是，實際的情況卻不一定如此，因爲繼承者與傳遞者在態度與方法上，可能會出現偏差或不周全。

我想，在向上繼承方面，或者無條件的全盤接受，或者批判性選擇性的接受，不管怎樣，都必須對上一代，甚至於整個的大傳統有深刻的認識，必須有這樣的認識才能去其糟粕而取其精華，我們的文學才能擁有一個健康的品質，而不斷地發展下去。

往下傳遞方面，我們必須思考，我們要給下一代什麼？藉著那些媒介可以傳遞給他們？上下古今，便是緜遠的歷史縱深，文學人所站的位置可以是個起點，也可以是個終點，但事實上，就整個歷史來說，他永遠扮演一個承先啓後的過渡角色，縱使他是如何的反動、突破，如何的開天闢地，卻也是站在既有基礎上的努力，換句話說，前人或前代文學中的質素，早已成爲今人的血肉，這是一種必然的律則，所謂歷史的發展，其實便是這樣的一種構成。

然而，在一切都急劇變化的現代，文學人如若不能免俗地把精力擺在各種變化的迎合、追求上面，他們可能已無暇回顧，不願前瞻，假如這是眞的，而且成爲一種時代風尚，那麼整個文學的發展可能會被切斷，成爲所謂的斷層現象。

我們很擔心這樣的時代會來臨，因爲我們的許多文學傳播媒介和文學作家正逐漸把文學「快餐化」、「垃圾化」，如果文學人還不能意識到這種危機，那麼我們的文學便「薪盡而火不傳」了。

文學的薪盡火傳，有賴於文學人面對文學時，有勇於向歷史負責的共同認識，在作法上統攝過去的文學成就，始能融裁出新的時代文體，給後代子孫一個可以學習並且超越的文學實體。

七四、八《幼獅文藝》三八〇期

文學回饋「自然」

「自然」是一個頗爲複雜的概念，在一般常識上，它泛指天地中的日月星辰、山川湖泊、花草樹木、飛禽走獸等客觀的存在，由於這些自然現象有相當程度的變動性，在變中透顯出不變的、萬古常新的永恒性，人處其中，覺察諸多的自然之特性，便對「自然」產生各種不同的感受和認定，於是而有歧異的「自然」概念產生。其中最有趣的是有些人把「自然」和「神」連在一起，認爲有形的自然現象背後，隱藏著一種支配的力量，一般民間形成的「天神」、「地祇」信仰，許多人都認爲山有「山神」、樹有「樹神」，甚至於莊子書中的「河伯」、「北海若」等等，都表示「自然」存在著一種「內在的意志」概念。

「自然」的另外一種概念是相對於「人工」，二者彼此之間有互補互化的作用：一方面「人工」可以向「自然」逼近，成語中的「渾然天成」、「唯妙唯肖」便是指此；另一方面「自然」有時也有待「人工」來比擬，成語中的「風景如畫」、「巧踰雕鏤」、「鬼斧神工」無非是說明這種情況。

「文學」以文字書寫，表達作家一己的思想、情感，創作的本身就是一種行爲，所以作品是「人工」的，它向「自然」的逼近，是指它了無刻畫的痕跡，自然而然，從前元好問評陶淵明詩時說：「一語天然萬古新，豪華落盡見眞淳」，唯其語出天然，不假雕飾，所以能夠萬古常新；唯其華麗辭藻皆已落盡，所以眞淳始得以呈顯出來。

這樣的「自然」是指一種風格、一種境界，是抽象的概念。就具象自然來說，那就是本文一開始所說的天地間之物了，「文學」和它們發生關聯，主要的是它們成爲文學描寫的對象（素材）。而描寫自然，純粹寫景的不多，比較常有的是由情而景，或由景入情，最高的境界則是情景交融，主客合一。

自然環境影響於文學創作者甚多，田園文學、海洋文學、山水詩、邊塞詩等文學形態的形成可爲明證；劉師培所謂「地氣使之然」的觀念，也正是指此。詩經以黃河流域爲中心，楚辭以長江流域爲中心，一在北，一在南，前者務實，後者浪漫，亦可以引來做爲說明的例證。

「自然」有其生態，必須維持平衡的最根本原則，臺灣這三、四十年來爲了開發經濟，破壞了不少生態環境，因而有自然生態保育協會的設立，文學人面對這種現象，於是而有生態詩、生態散文，年輕的詩人劉克襄有不少這方面的作品，陳煌最近出版的《人鳥之間》，就標明是「生態散文」，應該會受到相當程度的重視。

以報導文學描述這種自然生態被破壞的狀況的，最近幾年有韓韓和馬以工合著的《我們只有一個地球》，另外像心岱的《大地反撲》也是。這些時候，爲臺灣的森林請命的文章一下子突然多了起來，意味著文學除了描述自然，呈現自然之美，或是得之心而寓之於自然的物我關聯外，已經在向自然回饋，形成最新的文學與自然之關係。

「自然」是一部最好的文學作品，翻閱它去享受自然之美外，別忘記去保護它，甚至於用文學去參與它的創造。

七七、三、三一《中華日報》副刊

政治小說

曾獲普立茲獎的美國作家艾倫・朱瑞（Allen Drury），最近應新聞局之邀來華訪問，在一場公開演說中暢談「政治小說」的性質與功能，他說：政治小說的目的，在完整呈現政府制度的運作，以及人性和人類野心的交互作用和影響。從寫作者的觀點來說，他是想用政治小說去說服讀者接受他所認定的某種政治理念，並且對於政治提出尖銳的批評。這一番說詞，由於是記者的引述，難窺全貌，據以評論或引申都有其基本的困難，不過敏感如「政治小說」這個文學批評之用語，在此際被提出，而且說的人是遠來的貴客，勢必會有一些影響，實有必要詳加討論。

以「政治」來界定某一類小說，主要是從題材的角度出發的，換句話說，所謂「政治小說」係指以政治現象做爲寫作的主要題材，和「社會小說」、「經濟小說」，甚至於「愛情小說」是屬於同等級的「類」。就原始寫作動因，或是功能的角度來看，「政治小說」從關切政治出發，表達作家的政治理念，描述政治現象（政策以及落實的問題），他可能批判，可能頌揚，一般來說比較傾向於前者。

這是就理論層面來理解，但是「政治」其實是一個極複雜的概念，它有不同的語意指涉，我們在這裏只能當它是一般性的用法，表示羣體結構涉及到權力與統治，其最上層有一政府的組織，可能是集權，可能是分權、民主，也可能是個混合體，不管什麼樣的一種政治制度，都深深影響於經濟、文化形態以及人民的生活方式。由於文學是以文字書寫，去表達作家的內在世界，包括思想和情感，而這內在的意志原本就對應著外在現實的。所以，無時不牽繫著作家的思維和行動的政治，因此就自然成爲最常被關心的現實。

問題是：做爲從事文字工作的作家，對於政治現象的觀察與思考可以達於什麼樣的深度和廣度？他有沒有超越政治黨派的客觀立場，同時，和任何類型的文學寫作一樣，他到底是一個什麼樣的人，是一項重要的因素，這些都牽涉到作家個人的性情和經驗、智慧等，對於政治小說的品質、風格，具有關鍵性的影響。

當然，書寫的能力和方式更重要，有政治眼光和行動的人不一定能寫作，有人上臺可以侃侃而談施政的利弊得失，甚至於猛烈攻擊執政者，但一旦下筆，文字並不一定聽他使喚，很可能把上好的素材處理得粗糙不堪。所以，既做爲小說，文學的要求便很重要，因爲你想藉此傳播政治理念，或者批判政權，你想達成目的，就不能不有效掌握文字，就不能不斟酌小說的寫法。

易言之，既然名之曰「政治小說」，「政治」是很重要，「小說」也不容許有絲毫的忽視，唯有二者渾融一體，才眞正能發揮「政治小說」寫作的目的。在這種情況之下，「政治小說」也才能在被視爲「小說」來研究之外，還可以被視爲「政治」研究的素材，從事政治工作的人可以從其中發現問題，甚至於解決問題的方案。

艾倫・朱瑞有二十載的政治記者、二十八年專業寫作的資歷，他當然有條件大談政治小說，但我們有些作家，可能連「政治」是什麼樣的概念都很模糊，卻愛把「政治小說」掛在嘴邊，倒眞的貽笑大方了。

七七、四、二一《中華日報》副刊

說俗文學

把「民俗文學」當做一個文類術語來使用，我認爲有斟酌的必要。

「民俗」是指一個國家或某個地區人民的生活習慣；「文學」是藝術的類型之一，也是文化的一種形態，它以語言爲媒介以傳達作家個人或羣體的情感或思想。這兩個詞語的結合，唯一可能指涉的意義是：以民俗爲題材的文學。這樣的文學當然值得討論，因爲它反映了人民的風俗習慣，可以做爲民俗研究的素材，讓讀者了解某個階段、某個空間範疇的一種或多種民俗。我想，這和主辦單位所指稱的「民俗文學」恐怕不是一致的。

如果說「民俗文學」係指民間藝人所創作而且流傳在民間的口頭文學，乃是相對於文人所創作的書面文學而言。但是這樣的文學在口頭傳播的過程中變形或消失的可能性相當大，所以，一定得經由文字的記錄始得以傳遠傳久，若是這種紀錄是眞實的，那麼可以想見它必然是「俗」的，「俗」正是這種文學的特性，我們可以依一般的習慣稱之爲「俗文學」。

既然是文學，就必須具備有文學的屬性，換句話說，它必是以文字作爲表現媒介，而且具有完整獨立的形式，譬如當我們把民間戲劇納入俗文學的範疇時，是就其腳本而言；把歌謠納入時，是就其歌詞而言。這一點我們不能不注意。

由於俗文學作品自然形成於民間，以今天的社會形態來說，要產生像古代傳統農業社會的所謂俗文學，可能性可以說是微乎其微，所以我們今天談俗文學，比較重要的應該是保存與發揚，前者的工作包括蒐集、記錄、整理與著錄，後者包括研究和演出，前者乃是後者的基礎自不待言，這些都是有興趣者的工作，但是個人的時間和精力都有限，所以最好是有一個專門的機構來統籌規劃，像漢朝所設立的「樂府」一樣。

有關俗文學的研究，我想是可以採取一般文學的研究方法，一方面從外緣的政治、經濟、社會、宗教等方面著手，去突出俗文學的鄉土文化性格，一方面眞正去做內在的分析，包括類型、意象、節奏或情節結構、境界等的探討。

照目前的情況看來，俗文學的價值已在學院中獲得普遍的認定，所以不斷有嚴肅的學術性論文出現，但我認爲不應僅止於此，如果有一些有心之人可以多做一些普及的工作，譬如說改寫一些有意義的民間故事，或是以知性和感性兼而有之的淺易文字去對作品做賞析，對俗文學的發揚，應該有更大的幫助。

爲使中國俗文學的研究能夠蓬勃發展，我想我們負責文化建設的有關單位，有必要全面性的思考相關的問題，極力支援、獎勵那些默默在爲俗文學付出心力的人。

七一、一一、七《自立晚報》副刊

大衆與文學

「衆」的本義是人數很多，多到什麼程度，原就很難加以界定，但其上再加一「大」字，則這「大衆」無疑是指相當大的人羣。

「文學」本來是「文」之成「學」，特指一種系統知識，但一般指的是「文學作品」，是人用文字書寫，所創作出來的成品，這裏面牽涉到這個人爲什麼創作？如何創作？以及最後的這個成品的內在意義和外在形式究竟怎麼樣？等等問題。

那麼，這「大衆」和「文學」到底有什麼關係呢？這當然不是一個新鮮的題目，過去許多人曾發表過不少意見，不少時候也出現過爭論，譬如三十年代初，「左聯」（左翼作家聯盟）就曾展開一場進行將近十年的「文藝大衆化」運動，成立「大衆文藝委員會」、「文藝大衆化研究會」，把這所謂「文藝大衆化」當做是「確立中國無產階級革命文學新路線」的「第一個重大的問題」。

姑不論這些大量的論述，在理論上有多麼荒謬，在實踐上許多都是掛羊頭賣狗肉，但是他們把二者之間的複雜關係擺到枱面上來討論，提供了我們再思考這問題的基礎。

基本上，文學脫離創作母體之後，經由各種可能的傳播方式走向讀者，首先，作者原就是衆人之一，他和社會大衆共同呼吸，一樣面對社會的各種現象，所以這「大衆」很可能就影響他的寫作；其次，作品往往是經由「大衆傳播媒介」才得以廣爲傳播。所謂的「讀者羣」，不管是「大衆」或「小衆」，在傳播學裏頭被稱之爲「受播者」或「閱聽人」的，是不確定的多數，作品對他們能產生什麼樣的影響，也許根本不是作者所能掌握的。

不管怎麼樣，寫作一事，畢竟牽涉到「表現」（由內而外）和「傳達」（由此到彼）的問題，所以事先心理應該存有讀者大衆，想到他們，你驅遣文字，便不能不細心，不能不用心。至於說以文學去帶領羣衆前進，或者進行某種革命，時機來臨也未嘗不可，但是請別誇張文學的功能，更不要強迫別人要寫什麼，要讀什麼。文學的可貴正是各說各話，甚至於衆說紛紜，這才是民主，一種最可貴的社會形態。用一個比較簡單明白的話說：作者寫作是各盡所能，而讀者大衆閱讀作品正是各取所需。

七九、一一、一二《中華日報》副刊

文學無力感

文學無力感與文學萬能論，剛好是兩個極端，卻同樣是文學功能問題，前者經過巨大壓制，後者過度膨脹，都不是好現象。

會產生文學無力感的人，先前對於文學可能會有相當程度的幻想，或可說是一種文學之夢吧！他們認爲文學應該可以達到某種預期的可見的傳播效果，譬如說可以喚醒羣衆，或者改造社會等等。可是當他們再三的發現，目的仍然渺不可期，幻想可能就會破滅，於是有人放棄文學，走上街頭去運動；有人宣布退出文壇，回去躬耕屬於自己的一方田畝；有人卻能調整自己的腳步，走出另外一條路。

過度膨脹文學的功能，顯然是一種文學的無知，到今天，如果還有人堅持主張「人心憂樂萬感，咸以詩洩」，或者「文之爲用也大矣哉」，那麼只好讓他去等候失望；認爲文學毫無用處，甚至於是一種「玩物喪志」的玩藝，那也實在太過殘酷和覇道。

文學做爲藝術的一種類型，被要求要具有藝術的特質，和其他類型處於平等地位，我們應該用平常心去看待它，創作者盡其所能，閱讀者取其所需，而後文學社會始能平衡，庶幾得免文學無力之感。

七六、二、二〇《聯合報》副刊

關於「文學的功能」的一些思考

我過去曾經幾次談論有關文學的功能問題，似乎每一次都有不同角度和層次的說法，這充分顯示出這個題目本身特具多種解釋的可能性。事實上，古往今來有關這方面的言論，也不知道有多少，只要談文學，就無可避免地面對它，而說話者往往都能侃侃說出一些道理，所以這一篇短文，大概很難有什麼新意，只不過試著把話說清楚而已。

1

比較準確地說，這個問題應該這樣問：什麼樣的文學，對什麼樣的人，可能產生什麼樣的作用？譬如商戰小說，一個長期馳騁商場的讀者看來，可能從中獲得不少經營上的啓發，然而對於一個帶有浪漫情懷的年輕大學生，小說中爾虞我詐的情節，很可能讓他憤怒，致使他厭商反商；又如以戰爭爲素材的報導文學，可能使一個青年熱血沸騰，決定投筆從戎，也可能讓人讀之生畏，決定趁早逃離，差距何其之大。這指的是作品和讀者同一時代，至於對後代讀者來說，戰爭文學記錄了時代，是歷史文獻。

這已經很清楚了，文學作品依其作家的寫作動機、性質、類型，會有不同的作用產生；對不同的個人，因讀者的年齡、經驗、知識和智慧，或多或少都會產生相異的功能。實在說，過去類似「文之為用，其大矣哉」、「文章經國之大業，不朽之盛事」、詩可以讓人「幽居靡悶，窮賤易安」、「人心憂樂萬感，咸以詩洩」等等概括性的說詞，在古代也仍然是個別性的。

但我們可能需要尋找通則，就一般的經驗來說，文學作品對作者而言，那是他由內往外，把抽象的理念、情思，具體化成文章形式的產物，文字原本就是表情達意的，所以作者至少做到了一點，那就是「表達」，這也許可以說是最基本的功能吧。不管他歡欣愉悅，或是委屈痛苦，經由文字「表達」了出來，或許都會有舒暢之感，所謂不吐不快，當就是這種情狀。更進一步才談到，這樣的作品經由有效的管道傳播出去以後，讀者讀來會如何，最起碼他在字裏行間感受作者的情感波動，他在體會作家的經驗、所思所感。在這裏我們常喜歡談到所謂「共鳴」的作用，這種無聲對話的結果，完成了一次人際之間的心性交流。

前人曾說過，文學的功能可以分成兩種，一種是心理的，一種是倫理的。前者往內，著重的是自我；後者往外，著重的是羣體。就孔子所說的「詩可以興，可以觀，可以羣，可以怨」來說，「興」和「怨」是心理功能，「觀」和「羣」正是倫理功能；以亞里斯多德的「淨化」論來說，一方面做到了心理的淨化，維持清明，另一方面也可能淨化社會，避免發生悲劇，有助人羣的和諧。

這些所謂的功能都是正面的，但其實文學也很可能產生負面的作用，譬如說人生觀消極的作品，於作者而言可能也是情動於中而形於言，但它可能影響讀者對生命缺乏信心；色情加暴力的作品，很可能也是社會現象的如實反映，但對於心智尚未成熟的青少年，就很可能會有壞影響。

2

文學創作是自由的，作家可以任意選擇自己喜愛的素材去處理，但寫作一事，其實是很需要有崇高的目的，譬如，對人性尊嚴的肯定，對於苦難衆生的悲憫，批判社會病態現象，爲歷史留下證言等等，目的最終能否達成，實在也非己力所能完全控制，但自己能掌握的程度，是可以努力，可以期待的。

當你寫作的訴求對象（所謂「目標讀者」）是一般讀者大衆，那麼你盡力去完成書寫一事就可以了，但如果你以青少年或兒童爲讀者，你可能就必得含有教化的動機，而且注意書寫內容、表達語言被接受的可能性了。

兒童文學已發展成一門學問，創作一事也逐漸專業化，它對兒童的成長有大助益，早就衆所皆知，簡單的說有：培養語文能力，開發想像和認識的空間，逐漸培養比較獨立的人格等等。以兒童的閱讀能力，不大可能超離既有的範疇，但所謂的「青少年」，我們實在很難有一個明顯的限定，說他們只能閱讀「青少年文學」。更何況此類作品甚少，所以文學對他們而言，就必須在老師和家長的引導下，才可能會有正面的作用。社會也有責任，出版一些「中學白話文選」、「青少年詩話」或是《幼獅少年》之類的刊物，讓他們對文學產生興趣，更進而學習用文字表達自己的所聞所見。

適合兒童和青少年閱讀的文學作品，眞的是需要規劃，主要是希望能夠對他們有用，所以應該著重趣味性和故事性，其他的東西都隱在裏頭，這樣最起碼可以培養他們閱讀的興趣，並學習比較有效的閱讀方法，這對他們的一生會起關鍵性的影響。

若說文學的創作是各盡所能，那麼讀者的閱讀就是各取所需了，文學的功能便在這供需之間自然完成。希望文學有大功能的，最終可能會失望；而無心揷柳的，最後則可能柳成蔭。所以，我的想法是，不能過分膨脹文學的功能，也不必太壓抑，甚至認爲文學無力，一切以平常之心去面對它。

七八、一〇、三〇《精湛季刊》一〇期

關於文學問題的討論

不論對於當代的文學採取一種什麼樣的認知或解釋，歷史的思考以及空間的實質因素，都不能不考慮在內，問題是，大部分衝突或相異的意見也都沒有排除這雙重的大因素，那麼究竟爭執的焦點在那裏呢？

依我看，問題是出在所思考的歷史範疇與所認識的空間層面有所差異。就歷史因素來說，一部分的人認爲現階段在臺灣所發展出來的文學，是直接來自三十年代、五四時代、晚清，然後一直上溯到中國文學最原始的源頭；而一部分的人則認爲是來自臺灣光復前的日據時代，比較遠的源頭是在丘逢甲、連雅堂，或者從明以降從中國大陸流寓到臺灣的那些文學作家。

就空間的層面來說，有一些在臺灣本地土生土長的人，認爲現代的文學理應關切我們目前所生存的這塊島嶼，而且應傾全力於斯；有一些從中國大陸來臺的人則認爲，文學作家應心繫整個中國的大塊土地。

這樣大體的區分顯然是不盡周延，因爲「大同」中的「小異」普遍存在著，譬如同樣認定當代文學就是「臺灣文學」的人，有人政治掛帥，有人全然以經濟角度來解釋文學的問題；有人只關心農村，一提到都市就咬牙切齒。眞可以說是衆說紛紜，莫衷一是。

衆說紛紜原來是個好現象，因爲那正反映我們文壇的多采多姿，這是民主的表現，但是不同的看法如若形成黨同伐異的狀況，甚至在文學討論上介入太多非文學性的思考，把文壇搞得烏煙瘴氣，那就不是好事了。

關於文學問題的討論，總不外乎內在與外在兩方面，近幾年來，許多人總喜歡在文學的外緣上吶喊，眞正談到文學的內在問題時，不是輕描淡寫，便是語焉不詳；許多人對於一個文學歷史現象的解釋，太過於武斷，從表象上便一口咬定孰是孰非。凡此種種執一隅之解以窺萬端之變的情況，非但於文學的進步無益，對自己來說又有什麼好處？

劉彥和在談批評時說，「圓照之象，務先博覽」，其實不只是要「博覽」（廣泛的觀察），同時也應廣思、深思才是，否則終究只是一些誇誕之語而已。

七三、三、六《商工日報》副刊

關於文學批評

文學批評的工作，乃是經由方法的運作而對單篇作品或作品羣提出價值的判準。在此之前，必將有一個稱爲「詮釋」的層次，包括作家創作背景，最原始的創作理念以及表現手法與作品內蘊的分析、解說，無疑的，批評者的眼界要寬、眼光要銳利，要能徹底掌握作品的紋理脈絡，抉擇一個最恰當的詮釋方式。

有人把文學批評分成主觀與客觀的，基本上這是從批評態度出發所做的類分，其實，主觀、客觀是一種相對的觀念，沒有絕對性。在這裏我願意這麼說：所謂的批評乃是主觀認定的客觀化。

批評者基於個人的經驗、知識、閱讀習慣以及思考方式，從作品中獲得印象，大體上來說，這樣的印象都是主觀的，當他從事實際批評，他必須把自己初步的印象加以思考，具體化、條理化成合乎論證規則的篇章，說服其他的人來認同你的看法。

如此看來，批評者也只不過是在表達他個人的意見而已。然而，可能是因爲這種意見的表達必得經由傳播媒體，而且往往是可以久存的印刷物，是公開面對羣衆的，因此，很多人便誇張、膨脹了文學批評的功能，認爲這種工作可以達到什麼樣的一種或多種作用。

我想，在一個多元化的社會裏，不管批評者如何的引經據典、論證推理，或是溫文儒雅委婉以道，或是潑婦罵街大聲叫囂，都只是一個人的看法罷了。問題是，我們不能忽視，當個人的看法提出以後，如若羣衆（讀者）認同者多，那麼個人的看法便躍升而成公衆的意見，這是爲什麼每當有大膽、尖銳、直言無諱的批評出現時，總要掀起一場風波。

許多人認爲本地的文學批評「非捧即罵」，最近甚至有人乾脆就說，「臺灣根本沒有文學批評」，這句話可不能視爲修辭上的誇張，而是一種認定，相當嚴重的刺激了這裏一些從事文學批評工作的人。我在想，臺灣有文學批評是不容懷疑的，問題是，我們有什麼樣的文學批評，有那些可以被視爲是「文學批評」的篇章，我們一直都缺乏理性的、全面的檢討，雖然有時也能看到一些回顧批評現象的文章，但都略嫌浮面、碎亂；有時也可以看到一些評論選集，但編輯者往往取其所需，無法用更多的時間去清理、羅列資料。因此我便有了期待，希望能早些見到一本命名爲「三十年來中國文學批評史」的論著出現。

七四、一〇《幼獅文藝》三八二期

主觀認定的客觀化(一)

文學批評原本只是讀者面對文學現象的一種解讀並論述的行動，正如同任何有知覺有感覺的人，面對外在客觀現象，很可能會有所反應一樣。但因爲此批評行爲的表出方式，通常是以文字或語言，透過可能的傳播管道向大衆去說解的，所以便不尋常起來。

首先，什麼樣的作品或文學的現象可能被選擇做爲批評對象，這個選擇的本身所呈現的意義，就值得去做一些了解，也許批評者係主動地依其文學的或非文學的因素而做選擇，但也有可能是被動的。不管怎樣，都不應對批評行爲形成干擾，換句話說，批評應具有獨立自主性。

進一步說，批評者到底依一個什麼樣的文學認知做基礎去處理他的對象，這是很容易了解的，因爲評者爲增強其批評的說服力，通常是會自己說出一個所以然的，否則他就不負責任。這裏面有兩個層次的問題，一個是他的文學觀，一個是他的批評觀。前者譬如說他若認爲文學一定要積極參與社會，去抗議、控訴社會的不公不義，這絕對影響他對作品的分析論斷，後者譬如說他若認定批評只是幫助一般讀者閱讀作品，他必會著重在詮釋分析的過程，而如果他主張批評是在文學園地做淸道夫的工作，則他的論述結果必然是優劣判然。

接著的問題是，評者到底採取一個什麼角度切入作品？他又選擇什麼樣的批評語言和形式？如果說前述是批評之前的狀況，這裏就是實際的批評行動了。換句話說，是閱讀之後的「論述」，它是思考與書寫的行爲，必須合乎論述原則，條理淸晰、行文流暢。如果是學院內的學術性論文，則引證推理、附註說明是免不了的事；如果是一般性的報章文體，則深入淺出，可能永遠是大衆批評所追求的標的了。

我認爲文學批評的工作是在參與作品的創造，在挖深織廣文理脈絡之際，批評者一方面追作者之體驗，另一方面也印證自己的性情、經驗和知識。他在發現作者心志，同時也在創造意義，不斷豐富文學作品的生命內涵，非常重要，不可兒戲草率。

換言之，文學批評含有許多主觀的成分，甚至於可以這麼說，它基本上是一種主觀的認定，不過，由於它是在傳播媒體中進行，必須具有可信度、說服力，所以它必須有一個客觀化的過程。所以我願意說，文學批評乃是面對文學，將主觀認定客觀化的論述行爲。

七九、七、一五《中時晚報》時代文學

主觀認定的客觀化(二)

你曾說「文學批評是主觀認定的客觀化」，請您說明。而實際創作的經驗，對文學批評者的重要或關連性；又，文學批評對文學作品的影響何在？

文學批評是文學研究中的一環，它應該包含兩個範疇，一是批評理論，一是實際批評。所謂「批評理論」，是從事實際批評的基礎，它包含個人對文學整體性的認知，對批評行動的了解。當實際批評時，因主觀的思想、知識、經驗與外在客觀的現象相對話、相印證，然後提出一套解釋。在此之前，你必須先了解，認識你所面對的文學作品，這認識和了解其實就是閱讀的過程，等閱讀之後要展開實際批評時，你已對客觀的實體有具體或抽象的感覺。主觀的印象必須先經過條理化、客觀化、學術化的過程，然後再把它呈現出來，就是我所謂的「主觀認定的客觀化」。文學批評是理性的活動，與文學創作是處在兩種不同的情境內。文學創作是一個作家受到外在環境的刺激，內生表達的衝動，而經由一組文字表達出來，它只要合乎文學藝術性的要求。而文學批評不同，在閱讀的過程中你可能有許多感性的活動，當落實到實際批評時，這些感性就必須理性化了。

至於一個文學批評家，應該具備什麼條件？以過去對史家的要求，他必須要有才、有學、有識，後來的人又加上「德」。一個人縱使才、學、識兼備，但本身沒有很好的批評道德的話，你可能濫用你的才、學、識，將文學批評作爲一種工具。

談到從事文學批評工作的人，是否該具有創作經驗，我覺得應該具備。這種「創作經驗」，可以來自本身的創作經驗，但個人的經驗可能過於狹窄，他可以從文學作品的閱讀、作家的了解，去體驗創作，這也等於有創作經驗。一個批評者，如果用一己的創作經驗，去度量別人的創作經驗，可想見其危險性。

我很反對一些獨斷的文學批評家，在他檢查的結論中對作品提出好與不好的價值判斷。作家的創作是自由的，他當然用他自己生活經驗去創作。因此，我們生活的文化空間，必須有千千萬萬不同的文學作品存在，一個批評家解讀文學作品時，必須用適合解讀它的策略去解讀它。所以我不贊成爲文學創作訂下規範，他必須要寫什麼，他必須要怎麼寫。例如現代詩的創作，只要它意象的呈現在它的脈絡中是有意義的，它的分行、押韻、修辭，自成一個結構就可以了。一個批評者，他對別人的創作表現模式及形態，應該經常性關切了解，才可以面對各種不同的作品。

許多批評家，當他所面對的文學作品完全不合乎他的理想，於是就展開強烈的攻擊，如果正好合乎他的文學理想，於是就極端的讚美。文學批評家果眞如此，文學批評還有什麼功能？

當一個文學作品脫離了創作的母體，成爲一個獨立被鑑賞的個體，這時作品不必依靠在作者身上。任何一個人，都可以解釋它，它成爲公衆的東西。但在面對當代的作家與過去的作家時當然有所不同。譬如面對唐朝的詩、淸朝的小說，我們所面對的是整個中國文學的部分遺產，對於過去文學作品，批評是在做一個解釋性的工作，企圖把它在歷史上定位。此外，文學批評還有導讀的功能，一個文學作品也許是在一個很特殊的創作狀況下完成的，批評家可以找到合理的解釋，幫助讀者來面對作品，因爲他應該比一般讀者具有豐富的解讀經驗。

如果面對的作家及作品是當代的，這時就變成另外一個活動。一個文學批評家，可以不去考慮這個作者，他只要面對作品，在他的批評架構中去印證、對抗這個作品，但他解釋出來或評估出來的，也只是他個人的意見而已。這個批評家的意見，一旦變成文字在傳播媒體中出現的話，它就變成一個社會的活動，也就實際影響了作品本身。有些作家完全不在乎別人的批評，認爲別人的意見有些可以拿來修改自己的作品，但有些作家就完全受不了別人的批評。文學批評工作是要來解釋作品，發現作品的意義，給作品定位，與一般閱讀者之間有「橋樑」的功能。

當你面對文學作品時，「詮釋」的方式如何？

實際批評應該可分爲兩個層次，一個就是詮釋的層次，一個就是評價的層次。對我來說，我情願停留在詮釋的階段，但幾乎是無法控制的，在詮釋的過程中，你已經在做評價的工作了。甚至往前推，當你選擇這個作品時，就有評價的意義存在了。因此在整個批評的過程中，詮釋與評價不是截然二分的。至於詮釋作品的方式也有很多，譬如我在分析一首詩的時候，不一定要逐字、逐句、逐行、逐段的去分析出，只要抓出其中一個主意象，我就可以把這個作品分析出來，不必把這個作品鉅細靡遺地解剖得非常清楚。因此解析作品時，詮釋的角度非常重要。當我們面對作品時，採取的不應該是一貫的解讀方式，而應該是隨機應變式，有時我們從情節發展切入，有時從題旨本身或角色的塑造去解析。

許多時候批評工作所面對的不是一篇單獨的文學作品，而是作家在某一個時間階段、某一個空間內的作品羣。而有時面對的不是固定的一個人，而是相同題材的一羣作品；或者是一個時代的個別文學類型。因此，面對一篇作品、一羣作品、不同類型作品，詮釋的方式都有所不同。

請問我們有什麼樣的文學批評？我們的批評風氣如何？

我想龍應台說的「國內沒有文學批評」這句話，應該是國內沒有他理想中的文學批評。國內當然有文學批評，但你必須實際去了解。譬如陳映眞、何欣、顏元叔的文學批評，像葉石濤、高天生、彭瑞金，他們有他們的觀點及解析作品的辦法，這些文學批評家理應被承認、被尊重。我不贊成許多人所說的：「我們應該有嚴正的批評制度。」只要有文學活動的地方，就一定有文學批評，它到底發展成什麼樣的文學批評，端看有什麼樣的文化背景，什麼樣的文學社會。假如作家們習慣被人批評，也有接納別人批評的雅量，那文學批評風氣會較盛一些。

其次，目前國內應該有更多學院內研究文學的人來從事現代文學的批評工作，我希望這是未來可見的事實。如果像「洛夫作品研究」這樣的專著，可以被當作升等論文，可以當作學術研究的成績，被學院整個學術研究體系所容納，學院內研究文學的敎授先生就比較願意去做這樣的工作了。這是我對國內文學批評的期待。

在您的「文學評論」中，「詩評論」佔了很大、很重的一部分，請略述淵源及由來。

其實文學評論的文章我寫得實在不算多，內容分爲古典與現代兩方面，古典方面比較傾向於詩，現代方面也比較傾向於詩，因爲「詩」是我的初戀，喜歡它由來已久。我自己本來也希望成為一個創作者，但近年來我只從事研究的工作、批評的工作。其實到現在為止，我對自己的評論也不滿意，因為一直都不是用專業化及專精的態度去做評論工作。只是寫了幾篇有關現代詩的討論文章，是否稱得上是「詩評家」還是一個問題，這只能顯示出我們從事文學批評的人實在太少了。

近幾年我也讓自己的方向略作調整，觸及到小說、散文的問題。最近更關切整體性的文學發展。當我面對整體性的文學發展提出報告時，我批評的對象，已不是某一篇文學作品，而是整個時代的文學現象。當然這也不表示我今後將不從事詩、散文、小說各類文學作品的評論，我想有朝一日拋開雜務，專心在校園裏從事現代文學的教學，我可能變成比較專業的現代文學評論者。

對於未來，現在還談不上什麼大計畫。過去計畫想寫的文章，一停頓下來就放棄了。寫了太多雜七雜八的東西，應該可以把想做的事規劃一下。張默先生在評我的《詩的詮釋》時，早就希望我寫一本「現代詩人論」，選擇心目中的大詩家有系統的專論，以前我在小說的範疇裏，也希望做一些主題性、綜合性的論述，像我討論「返鄉」題材的文章。在「詩」上我本來有一些企圖，現在都沒有做了。（封德屏訪問、記錄整理）

《大華晚報》讀書人版

輯二——現象

從《全宋詩》的編纂談起

《全宋詩》的編纂，在臺南成功大學的文學院默默進行多年。如今已接近尾聲，據說將由南部一家書局承印。這項鉅大的學術工程，勢必引起海內外漢學界的注意，我們引領企盼它早日問世。

如衆所知，大規模的文學總集，過去有的，像嚴可均《全上古三代秦漢三國六朝文》、丁福保《全漢三國晉南北朝詩》、郭茂倩《樂府詩集》、康熙御製《全唐詩》；甚至於像《全宋詞》、《全元散曲》、《晚清小說大系》等，都是研究者不可或缺的原始素材，少數人費盡心力，無窮後代子孫蒙受其利，這種燃燒自己照亮別人的蠟燭精神，令人敬佩。

宋詩與唐詩各有不同的特色，一般人只知唐有詩、宋有詞，而不知宋詩不論質和量，都是可和唐詩分庭抗禮，尤其是量，遠遠超過有唐一代。過去雖也有《宋詩選》、《宋詩概說》、《宋詩研究》的書籍出現，但除了少數研究者，似沒有引起太多注意。

如今成大中文系即將完成《全宋詩》的編輯工作，聽說又有不少副產品，譬如《宋詩研究論文集》、《宋詩研究論著索引》之類的工具書，想來可以開啓宋詩研究的新局面。除此之外，該校又將與「中國古典文學研究會」於五月下旬假臺南合辦一個「宋詩研討會」，有研究、有出版，有靜態、有動態，充分顯示主其事者的運動能力，有眼光和氣魄。

這是集體作業成功的案例，成大中文學術研究的人力可以如此凝聚，進而發揮作用，其他各校何嘗不可以，我常在想，國內的中文學系和研究所那麼多，能做研究的人應該很多，但事實上呢？眞正有研究潛力，又願意忍受寂寞從事研究的人並不多，至於集體研究，由於牽涉甚廣，並不簡單。

這裏面存在著許多問題，一方面是研究人力養成的過程中，極度缺乏方法上的嚴格訓練，導致研究成果的貧弱，有些論文堆積一些資料，沒有整合性的分析研究；另一方面，國內一直沒有開創出一個良好的研究環境，資料取得不易，對於研究成果的鼓勵也相當不夠。

最近幾年的情況已日漸轉好，「中國古典文學研究會」對於研究人力的有效整合，「漢學研究中心」致力於資料的彙編，清華大學有計畫發展「中國文學批評」，臺大在唐代文學方面有了初步的成效，甚至於文化建設委員會、國家文藝基金會都願意編列預算，以策劃或主辦的名義和一些學術單位共同主辦研討會。尤其是新生一代的文學人力逐漸出現，在觀念和方法上都有一些突破了。

於今我們必須極力改善研究環境；至於資料，尤其是大陸的研究成果，必須向學術界開放；學者除了自己的專業，也應熱心參加集體研究。而主導研究風氣的大學中文系所，如何妥善規劃研究人力，發展系所特色，進而和出版企業結合，共同促進古典文學研究上的發展；甚至於讓古典再生，實在是今日中文學術界的重大課題。

七七、四、一四《中華日報》副刊

中國古典文學的出版與研究

注意文學書籍出版的人應該可以發現，坊間關於古典文學的出版品裏面，一大部分來路不明，不是作者不知何許人，就是不知是何人所作，前者有兩種情況：第一、該作者是個藉藉無名的新手；第二、作者在非臺灣地區，他的名字有「禁忌」，於是隨便取個阿貓阿狗的名字；後者更妙，全書不見作者之名，或者封面上標個大大的「本社編輯部」。

而往往，這樣的書，翻看版權頁，也有「局版臺業字」，可見也是名門正派；仔細看一下內容，你會發現，那顯然是高手出招，從章節安排、大小標題的標定、遣詞造句、觀點的提出與論證的方式，絕非普通角色下筆可致。

假如你有興趣，可以好好去追蹤研究一下，這些佳作到底是那來的。當你最後終於發現，它們大約有兩個來源，一個是中國大陸，一個是日本。不管那來的，出版社要「出版」時，都得大費周章；大陸來的，要修掉許多那個社會的習用語，要把橫排簡體改成直排繁體；日本來的，毫無疑問，一定要翻譯，出版社處理這樣的事，不外乎是交給翻譯社，一本書劈哩叭啦不到幾天就譯完，或者特約編譯去「編譯」。

結果呢？表面上看來，我們在古典文學的出版與研究方面眞是蓬勃發展，成績燦然可觀，而實際上，我們感到痛心。原因之一是，這種現象充分表示出版道德的淪喪，別人的研究成果竊爲己有不說，對於原著的篡改所造成的後遺症，足可讓我們舉國蒙羞。蓋因現今海內外交流頻繁，好事沒人知，壞事傳千里，惡名昭彰者，莫此爲甚！原因之二是，我們的古典文學界對此極爲冷漠，似乎沒想到要做適度的對應，只見《國文天地》曾意思一下，在這裏我想建議國內研究古典文學的先生們，不妨徹底清理一下目前坊間關於古典文學的出版品，開出一份清單，公佈出來，讓眞相大白。

古典文學的翻譯、整理、研究、出版，代表我們這個時代對於傳統文化的認知與判斷，這方面的人力，我們各大學有中文系所，量上非常可觀，質上則爭議頗多。有時我不免這麼想，假如所有研究人力可以整體規劃、運用，有系統的去耕耘任何一個研究範疇，那該多好！當然這很困難，可能需要「有關單位」專案考慮了。

對於古典文學普及化或現代化的工作，出版界怎麼樣和中文學術界結合的問題，也是一件值得思考的事。其中的難題之一是，雙方在觀念的溝通上並不是很容易。

我常在想，我們這一代在臺灣研究中國古典文學的人，到底能夠給出什麼？比較起民初或清代的學者，有沒有什麼突破？比較起在大陸或在海外的學者，有什麼樣的特色？在出版事業如此發達的今天，在古典文學方面，我們能出版些什麼足以代表時代精神的大套叢書；在做法上，比較起民國以前，又有什麼樣的不同？有什麼樣的進步？

七六、六、一〇《金石文化廣場月刊》三〇期

翻譯古典文學研究的外文論著

毫無疑問，中國文學已成爲世界性的學問，我們只要看「漢學研究資料及服務中心」所作的《海外漢學資訊調查錄》就可以知道。當然中國文學只是漢學中的一部分，但它是大宗，也是主流，實在值得我們注意。

假如以地區來分，現在研究中國文學的，大概可以分爲臺灣地區、大陸地區、海外地區，前二者絕大多數是中國人，而後者則有華人和外國人。以研究成果的書寫來說，在國內的主要是以中文，在國外的卽使是華人，泰半也都用外文書寫，主要的文字是英文、法文、日文。中文部分只要資訊的傳播流通不成問題，比較容易取得，但是外文的部分，由於國內研究中文的學者，一般來說都不精通外文，取得和閱讀都相當困難，所以這就有賴於翻譯了。

以我個人有限的閱讀來說，日本漢學家青木正兒、鈴木虎雄、吉川幸次郎、白川靜、小川環樹等人的重要著作，像《中國近代戲曲史》(青木正兒，王吉廬譯)、《元人雜劇序說》(青木正兒，隋樹森譯)、《賦史大要》(鈴木虎雄，殷石曜譯)、《中國詩論史》(鈴木虎雄，洪順隆譯)、《宋詩概說》(吉川幸次郎，鄭清茂譯)、《元明詩概說》(同上)，譯本都容易見到。在美國甫過世不久的劉若愚教授的英文論著《中國詩學》、《中國文學理論》(皆杜國清譯)、《北宋六大詞家》(王貴苓譯)，都有翻譯。

但是這些零星的翻譯實難看出整體風貌，這樣的工作其實是需要龐大基金的支持，需要有計畫的有效運用人力去集體作業，七十年代初期香港中文大學在亞洲基金會的贊助下成立一個「中國古典文學翻譯委員會」，次年成立「翻譯中心」，具體的成果就是一九七三年由該大學出版的一本《英美學人論中國古典文學》。隨後臺灣大學外文系在王秋桂教授主持之下進行一項「漢學翻譯計劃」，具體的成果是王秋桂編的《韓南中國古典小說論集》、《中國文學論著譯叢》，侯健編的《國外學者看中國文學》，配合前述香港中文大學的譯著，可以讓我們看到以外文書寫的中國古典文學研究的一般性狀況。

這樣的工作需要中、外文系研究人力的合作，必須長期做下去，至少可以給國內學者一些刺激，不過，我們也該有批判的能力去面對這些著作，日本或者歐美漢學家也有不少虛有其名的，如何披沙揀金，把值得翻譯的引進，我想是最重要的事了。

而這種事是需要大筆經費支援的，大學校園該去設法，一些文化基金會應該幫忙，但是最該做的，我想是國立編譯館吧！

七七、二、一四《大華晚報》讀書人版

作家與出版

對於一位作家來說，從靈感的萌生、動機的引發，而後把他觀察並思考的結果以一組方法，用文字記錄下來，這是所謂的寫作，整個來說，它自成一套系統，可稱之爲文章學。而從另外一個角度來說，寫作的本身是一件行爲，所以它又可以用行爲理論去加以規範或解說。當然，假如你願意，你又可以把它擺入傳播系統去看，因爲寫作是在製造「訊息」。

寫作原本是個人行爲，把它擺入傳播的系統之中，它立卽社會化起來，而變得非常複雜。首先面臨的便是作品的發表，亦卽經由媒體去傳播，寫作者當然可以採取口頭傳播，拿著麥克風到特定的空間去朗誦作品，毫無問題，這是一種聲音的小衆化傳播，不過，在這個時代裏，那並不是一件明智的行爲，假如選擇聲音傳播，要大衆化，就該採取電子傳播，媒體有電臺和電視（後者除了聲音，還有影像），當然，那是非常困難的事，因爲那樣的媒體，「非自我能力所能控制」。畢竟，寫作所採取的符號是文字，所以還是選擇印刷傳播比較是正途，媒體有報紙、雜誌和圖書。

一般來說，作品在前兩種媒體上，我們稱做「發表」，經由後種媒體就是「出版」，現在的情況通常是先「發表」而後再「出版」。就發表說，作家相對於媒體編輯；就出版說，作家相對於出版者。他們彼此之間有互動的依存關係。

然則，出版亦並非作家寫作的終極目標，他關心書籍出版以後的整個行銷過程，關心他的書是否被購買、被閱讀、被讚美、被批評，關心他的書是否能上新書排行榜，是否能進入歷史？

可是，他除了做幾場演講、用私人關係請一些朋友替他寫幾篇評介文章以外，他簡直無能爲力。因爲，書出版以後，它就成了公衆的東西，擺在書店，放在出版社的倉庫，他自己最多只是書桌上放一本，書架上最明顯的地方擺上一排而已。當然，對他來說，還是得到了不少東西，一份不太高的稿費或版稅，朋友應酬式的讚美電話，報上一點點關於自己的出版消息，往往都會讓他覺得有了「回饋」。

這是一般的情況，作家要細分，可以有各類各型，我們只能簡單一點說，下面的兩種情況在一般之外：

㈠明星式的暢銷作家。這樣的作家最明顯的現象是：排行榜上的常客，到處有人請他去演講，要求訪問他，報紙副刊爭取他的稿子，出版社想盡各種辦法和他接近，希望能出他的書。

作家的書好賣，受歡迎，當然有其主客觀的因素在，我們很少看到有人把他當做是一個文化現象去做確實的分析，比較多的是吹捧，說他如何如何的好，或者是酸葡萄心理作祟，又是諷刺又是挖苦。

(二)走投無路的寂寞作家。這樣的作家當然不在少數，發表文章時也許還不是很困難，大報不用，有小報，或者其他較沒有商業色彩的小雜誌都沒有關係，但一旦要出書那就不一樣了，畢竟出版社出書，買版權、付版稅，還得銷售，完全是商業行爲，你名氣不大沒有市場，誰都不要，折騰老半天，乾脆自己籌一筆款，印他個五百一千本，分贈親朋好友以及文壇名家。

果眞能普遍引起注意，受到重視，那還算幸運了，但事實上好像很困難，一個可能的結果是，放棄寫作，發表聲明，不准兒子女兒「繼志承烈」。而不管那一類的作家，表面上對出版社表示友善，而私底下或多或少都不是很滿意，不是認爲版稅太少、稿酬不合理，自己辛苦的努力被剝削了，就是既怨且恨，大罵他們短視近利，專捧明星作家，把嚴肅的文學庸俗化到如此令人「不忍卒睹」的地步。唉！眞是難爲出版人。

實際的狀況呢？現今活動力比較強的私人出版社中，純文學的林海音、大地的姚宜瑛、九歌的蔡文甫、爾雅的隱地、林白的林佛兒，以及文經、號角、前衛、蘭亭的吳榮斌、陳銘磻、林文欽、陳信元等等，他們本身通通都是作家，也許有人會說，既是作家，應該很能「了解作家、同情作家、幫助作家」，可是既爲出版人，角色一轉換，便有了認同的問題，那是另外一套價值系統了。

中國儒家談的是「修己以安人」，必先「獨善其身」而後才能「兼善天下」，「作家出版人」（姑且這麼稱呼），一般來說，都帶有文人氣息，帶有或顯或隱的文化理想，那是爲什麼姚宜瑛會出年度文學書目，隱地和林文欽會出「票房毒藥」的年度詩選，陳信元會那麼大氣魄的出版「蘭亭當代文學大系」的原因。

「出版」本身具有兩個看似對立的性格，一是文化的，一是商業的，如何讓二者合而爲一，對出版人來說，永遠是個挑戰。我們不能苛求出版社出版一些賣不出去的書，出版社似乎也不該唯利潤是視。我想，當一個出版社有能力去做一些文學善事的時候，譬如說主動挖掘有潛力的年輕作家，出些較冷門的評論或史料等，就應該認爲是一種責無旁貸的事。倒也不必像陳銘磻，賺了「情話」的錢，一下子全花光在「散文季刊」上了。

而有見於有那麼多作家想出書，卻找不到路途，似乎可以成立一種名叫「代理出版」的經紀公司，至於這樣的公司還沒成立以前，是否可請《金石文化廣場月刊》先闢一專欄，就叫做「我有書要出版」，副題是「限出版人閱讀」。

七五、二、一〇《金石文化廣場月刊》一四期

誰來研究

「當代研究」所面臨的諸多難題，尤其在文學上顯得特別令人焦慮，一方面當然是工商社會財經掛帥，對文學素所輕忽，另一方面則顯然是資料普遍匱乏以及研究人力的闕如。前者無足懼，只要研究者自覺到研究的趣味與使命之所在，則外在客觀的限制較易解除。至於後者，我以爲才是眞正的問題。

資料之所以普遍匱乏，當然可歸因於整個近代中國不歇息的悲運：日本統治臺灣半個世紀之久，大陸陷共已近四十年。也因此形成各種有形無形的「禁忌」，使得部分資料的取得和流通，成爲一種「秘密」行爲。有心人曾提出呼籲，應儘速、有效而且合理的加以解決，聲音卻始終那麼微弱。

更大的難題可能是在研究人力上面，人力需要規劃與養成，筆者總是期待，學院將會是文學的當代研究之重鎭，而實際的情況呢？當國內中研所的研究生，在古典範疇已經不大容易找到合適題目之際，當代文學還無法進入學院的研究系統之中，這是一件不可思議的事。

七六、三、二〇《聯合報》副刊

關於現代文學的研究

在國立師範大學任教的鄭明娳，研究古典小說卓然有成，《儒林外史研究》、《西遊記探源》、《珊瑚撑月》可爲明證。這些年，在古典文學之外，在現代文學方面她也投入相當程度的時間和精力，尤其是散文，《現代散文欣賞》、《現代散文縱橫論》、《現代散文類型論》用力甚勤，令人欽佩，後者是其近著，爲現代散文的研究提供了可貴的參考架構，但是這本書做爲她副教授升等教授送審的論文，卻了無聲息地被刷了下來。

升等論文升不了等，在今天臺灣的大學院校中根本不算一回事，何必嚷嚷？我不爲鄭明娳抱不平，畢竟師大是名門正派，制度雖死，運作不該一團漿糊。這事讓我想到現代文學的研究在學院的研究系統中的地位，想說的話是一籮筐。

十五年前我進大學讀中文系，懷抱著朝聖者的虔誠情懷，原以爲文學寬廣的天空可任我遨遊，名師將可引導我進入文學的殿堂頂禮膜拜那至高的文學之神。然而，就在講堂上，我的老師們狠狠地批判著當代的文學，對於我素所喜愛的現代詩，不是冷嘲，便是熱諷；那使我難堪極了，終至於憤怒起來。而在另外一個組的班上，一位新文藝的理論大師，則用另外一種揶揄的語調談論著教古典文學的先生，而我坐在偏遠的小角落旁聽。

結果我沒有放棄古典，也沒有厭惡現代，這當然是我的幸運，主要是我另有機緣，一位老師調節了我內心的兩極矛盾，我自己也試著清理原本混淆的思緒，終於有了比較好的方向上的掌握。

十幾年過去了，中文系出身的新一代學者有不少也是文壇中人，整個文學界古今的對立逐漸消除，關切現代文學的大學教授多了起來，過去大量的保守者，如今只有少數；校園中學生的文學活動非常熱絡，著名作家進入校園演講、座談，一點都不再新鮮；校園之外的文學活動幾乎每天都在進行著。

整個的情況似乎很樂觀，但是仔細檢討起來，不少現象仍然令人憂慮，首先，大學中文系中眞正研究現代文學的教授究竟有多少？教「新文藝選讀及習作」的老師究竟有沒有教這門課的條件？其實這是不難調查的，其結果毫無問題令人洩氣。普遍來說，現代文學不被視爲有研究的價值，所以這方面的研究論文要通過升等審核相對的就困難起來；所以，沒有研究生敢（願）以現代文學做爲研究對象。

當然，現代文學的研究在當代是有相當的難度，一方面是資料四散，尚未經過有系統彙整；另一方面是時代太近，較有政治顧忌，或者人情負擔。關於前者，其實不是問題，比較起古代的文獻材料來說，當代資料之取得，方便太多了；關於後者，應不難克服，在「政治顧忌」方面，於今這麼一個開放時代，顧忌實在是可以避免的，至於「人情負擔」，對於校園中的教授先生們可能是一個挑戰，但也不一定有「人情」可「負擔」。

我常在想，大學的中文系應該是本國文學研究的重鎮，不論古今都是對象，尤其更應注意當代，至少不應該排斥當代，最好是有「現代文學研究所」，或者是在中文研究所中開設「現代文學專題討論」的課程，鼓勵學生研究，有關單位可以用提供研究獎助金的制度，打破目前的困境。

大學中研究現代文學是必要的，關心這個問題的朋友請一起來呼籲。

七六、十、二〇《出版眼》第一六期

當代文學可能有一個「研究中心」嗎？

我們這裏有「漢學研究資料及服務中心」，有「文藝資料研究及服務中心」，有「中國現代文學研究中心」，有「當代文學研究社」，有「當代文學史料研究社」，還有各地的「文化中心」、各種大大小小有立案或沒有立案的文學社團，甚至於有人曾計劃要成立「臺灣文學研究會」，表面上看起來熱鬧非凡，我們的當代文學之研究，風氣似乎鼎盛，其實並不盡然，其中有不少只是空有其名，所謂「研究」也者，好像也有那麼一點，至於有組織的有關現代文學的「研究中心」或者「研究社」，根本談不上。

我們更有一個「中央研究院」，設有「歷史語言研究所」、「近代史研究所」、「民族史研究所」、「三民主義研究所」，每一所好像都可以研究現代的文學，實則每一所對文學都不大感興趣，幾年前有人在報上嚷嚷，建議中研院設立「文學研究所」，說歸說，做起來可沒那麼簡單。

至於「國際關係研究中心」裏面，以文學爲研究對象的，更是屈指可數了。

說來說去，看來只有期待於各大學的「中國文學研究所」了，過去也曾經聽說，某某大學申請成立中文研究所，希望以研究當代文學爲其特色，結果都是樓梯已響，不見人下來。此路似亦難通矣。

那麼，我們就不可能擁有一個以現代文學爲研究對象的學術機構嗎？答案並非那麼悲觀。我所思考在民間：民間的企業，民間的基金會，應該來扮演這樣的角色，譬如說《聯合報》可以成立一個「國學文獻館」，從大企業回饋學術文化的立場，何妨就現有基礎擬設一個「現代文學館」，所謂現有基礎就是：一、三十多年來《聯合報》副刊的累積的文學成就，二、《聯合文學》高標一個文學理想，又有一個常設的文藝營在從事現代文學教育，以及三、其他可以有效支援和配合的條件很多。又譬如說早就關切文學發展的「吳三連文藝基金會」，既然已經有高額的文藝獎，每年出版文藝年報，又有報紙副刊的常態運作，何不更進一步從可大可久的角度思考「研究中心」的可行性。

有時候我也在想，某些單位其實可以朝研究的方向發展，像「胡適紀念館」、「張道藩紀念圖書館」、「林語堂紀念館」、「鍾理和紀念館」等，只要有心去做，妥善規劃，是可以發展出特色，做出些成績的。

我心目中一個理想的現（當）代文學研究中心，人力結構可採研究委員會的組織形態，設一主任以統籌研究諸事，二位副主任分掌學術與行政，下以文類分組，各組有專任和特約的研究員若干，並選出召集人；在資料方面，它應有專職人員盡最大的可能去蒐集，不只是文學著作、報紙雜誌，同時應包括作家手稿、珍貴照片等有關資料；在出版方面，每月出版研究通訊，每年出版研究年鑑，除此之外，有計劃出版作家研究資料彙編、各類研究論文集等；在動態的活動方面，每月舉辦小型學術研討會，每年召開大規模的文學學術會議，多方面邀請海內外現代文學的研究者與會，並且廣爲宣傳。

這樣一個研究中心，面對文壇現象，包括新產生的類型、迅速崛起文壇的作家、廣受注目的作品，以及其他具有意義的現象，要能立即反應，有效提出合理的解釋，或著具有公信力的評價。

我們這樣一個經濟水平的社會，合該有條件支持這樣的研究中心，而事實上呢？

七七、一、一〇《臺北評論》三期

為「文學館」催生

六月號的《雄獅美術》以「臺灣進入美術館時代?」爲「本期焦點」，這一方面是因爲位於臺中市的「臺灣省立美術館」將於六月下旬開幕；另一方面，「臺北市立美術館」自開館以來諸多風波。該刊有鑒於美術館的存在確實重要，爲美術的長遠發展計，遂有這樣一個編輯企劃。

美術有「館」，假如有強而有力的美術行政專家來主持其事，妥善而有效的運用各方有形無形的資源，當可徹底發揮它的功能。這不免讓我想起，和美術同等級的藝術類型——文學，它可能有「館」嗎?

我常在想，假如我們有一座和現有「美術館」相類似的「文學館」，那該多好。這麼一座「館」，假如：有最完備最機動的制度做最有效的運作；有最具歷史性眼光最具魄力的文學行政專家統籌其事；有最豐富的文學資料，而且滙聚最優秀的文學人力。用最科學的方式從事整理與研究的工作。那麼，文學在我們這個時代，將超越過去，開創一個嶄新的紀元。

我理想中的文學館之規模，大約像歷史博物館、臺北市立美術館，建築部分應該非常有特色。除硬體外，它的內容應包含下面五部分：

①一般文學及相關圖書的收藏：以實際狀況來說，至少應分為「現代文學館」、「古典文學館」、「翻譯文學館」，舉現代部分來說，可依時間和空間的角度加以略分為幾個單元，以大陸本土而言，一九四九年以前和以後可以分成兩個單元；光復前和光復後的臺灣新文學亦應區分；民國新文學運動以後的古典文學（尤其是詩）、海外華文文學（含香港、新加坡等）也必須有一重要位置。當然也可以再依文類細分，譬如現代詩就應有一特定空間。

②重要作家有關文物之典藏：所謂「重要作家」，係指在文學史上，或文學批評界已獲肯定的作家；所謂「有關文物」，係指作家手稿、證件、照片、字畫，或其他生平所用過的重要遺物，諸如拐杖、筆墨硯臺等。在這一方面，古代的作家當然有其困難，當代重要作家，無論如何是可以做的。如果是特殊作家，譬如說胡適、張道藩、林語堂、鍾理和、賴和等，若可就其原住宅加以規劃成紀念館，則不必藏於文學館中，不過應統一作業，委託管理。

③舉辦有關文學的展覽、表演、競賽等活動：關於前者，可以做的甚多，諸如個別作家與作家羣（女作家、詩人、同一流派，某一特定文學事件的關係作家等）的文學展，或者像

文學作家的書畫等藝展、詩與生活展等；表演如文學作家才藝表演、詩歌朗誦、文學作品改編成戲的演出等；競賽部分最好的是舉辦文學獎。

④推廣教育：文學館應負有羣衆的文學教育之功能，可以分級成立常設的寫作班，配合其他活動舉辦專業的欣賞或研究營。妥善企劃自不在話下。

⑤研究與出版：研究組（或委員會）的成立非常重要，研究員可分專業的和特約的，研究形態可分集體的和個別的，有計畫的舉辦各類學術性的研討會，發行嚴肅的學報，和一般性比較通俗化的期刊，更是非常重要，所以出版部門一定要強化，讓研究叢刊源源不斷地出版。

這樣的理想其實是不難達成的，主管文化建設的單位，似可審愼考慮其重要性及可行性。

七七、六、二三《中華日報》副刊

文學史料的整理

五四文藝節之際，中央圖書館舉辦了一次當代中國文學史料展，參觀之後，曾和主其事的張錦郎先生交換意見，張先生談到了他個人對於文學史料的認知以及從事這項工作的艱辛與趣味，欽佩之餘，不免也心生慨嘆，有不得不言者。

所謂「文學史料」，我曾根據梁啓超先生對於史料的界說把它解釋爲：過去人類的文學活動所留下之痕跡，有證據留傳至今者。在文學研究的意識還不十分明確的古代，文學史料的保存多少得靠些機緣，但是在文學研究成爲專業的今日，我們必須一方面回頭去整理過去的文學史料，一方面也必須對當今文學活動的實況加以報導、評析，把相關的篇章加以剪輯、分門別類，以方便研究者。

問題是，對一個國家來說，這樣的一份工作究竟該由誰來做？也許有人會說，讓有興趣的人去做吧！似乎也眞有不少對文學史料有興趣的人早已投下他們的時間和精力，然而，個人的力量畢竟有限，而且人各有所好，殊難全面，職是之故，我們認爲應有一個常設的專責機構來負起這個責任，譬如文化建設委員會，或是中央圖書館（或分館），或者由教育部委託一個學術單位或文學團體。總之，一個可稱之爲「當代文學史料整理小組」的組織，成立起來是有其必要的。

這個組織一旦成立，假如有充分的預算，聘請研究文學史的專家以及平日卽已熱中於文學史料者爲委員或顧問，便可全面展開檢討與規劃。

我想，這不是一件困難的事。文學史料的內容是作家、作品以及文學有關的活動，最具體的工作是目錄、索引以及提要，最好能擁有一份刊物，配合計劃性的出版史料叢書，如此一來，剛開始雖不易看出什麼功效，但經年累月下去，絕對可以展現可觀的成績的。

爲了文學史料的工作能夠順利進行，我想最重要的可能是每一位文學工作者都能意識到文學史料的重要，從作家個人到文學社團、文學的傳播媒體，如若在各自的資料之整理上都能做好，那麼，要建立完整而且準確的文學史料應是沒有問題的。

現在不做，將來就會後悔。對於當代文學史料的整理，我抱持這樣的看法，我相信文學界的朋友很多也是這樣，但願這樣的一個「小組」，或是類似的組織，能盡快成立。

七四、七《幼獅文藝》三七九期

重視現代文學的研究資料

——關於「作家藏書展及年表展」

文訊的活動模式

《文訊》以往所辦的活動，大致可分爲兩類：一是一般性、軟性的活動；一是嚴肅的學術會議，或文化問題的座談。前者所考量的條件有三：活動的重要性、時間的迫切性，以及企劃的創造性。前兩項略而不談。就創造性而言，凡是其他有關單位、雜誌社、出版社也會舉辦的活動，基本上是不太列入考慮的。我們站在文學、文學批評、文學史的考慮上，以嚴肅的理論基礎，衡量辦該項活動的意義，因此，整個的企劃工作，其創意乃是建立在過去所辦過的許多活動的經驗基礎上。

至於嚴肅的學術會議和文化問題的座談方面。後者屬於小型的活動，過去《文訊》也經常有此型活動，有時爲了配合編輯企劃，也常會召開問題座談。而嚴肅的學術會議，屬於較大型的活動，《文訊》創辦至今，已先後舉辦過四次，包括兩屆現代詩學研討會、抗戰文學研討會和當前大陸文學研討會。我們是希望透過文學經驗和學術經驗的對話，對文學的歷史命題、現實命題進行論辯，試圖將事情的眞相呈現出來。此次珍藏書、作家年表展，便是在此種考量下規劃出來的。

珍藏書展：試探民間的文學研究資源

有關舉辦此活動的構想及意義，就珍藏書而言，一個人有書可藏，願意藏，而且藏之久遠，通常具有幾項重要意義：一是版本上的意義。晚淸及新文學運動初期，文學書籍皆較爲粗糙，在開本和裝訂上也與現在迥異。經過漫長的歲月之後，印刷科技、出版事業的蓬勃發展下，許多書先後重新再版，同時也失去其原始面貌。而我們之所以強調版本，一來是許多作家在再版時，改訂初版的內容，而作品從脫離創作母體，付梓多年之後，是什麼樣的原因促使他們於再版時，修訂初版內容，實在值得大家思考。再者，海峽兩岸在四十年的隔絕期間，當年在大陸出版的書，重新於臺灣再版，中間必然經過一道修改的程序，修改的幅度有大有小，大者幾至書本面目模糊，看不出原創者的特性與精神；小者則改作者之名，或以筆名替換本名，或藉他人之名頂替。如郭紹虞的《語文通論》、《語文通論續編》，臺灣有家出版社將二書合併，刪汰部分內容，再冠以「朱自清」之名；又如魯迅的作品，在大陸的政治影響下屢遭刪修，而在臺灣的幾本著作，也常有不載作者或易換書名的現象。因此，將此類作品的各種版本相互比較，便可知其時代、社會意義。

二是紀念性的意義。作家在創作初期，將出版作品贈予友人，此書對個人而言，自然深具紀念性，但也因爲此種因素，使得早期重要的版本得保存下來。

藏書的人大都會讀它，少有藏而不讀者，所以舉辦珍藏書展，可藉以鼓勵家庭藏書，並將之視爲「家產」，流傳子孫。

此次珍藏書展，我們乃是對特定對象的藏書選擇性的展出。所謂特定對象，意指當前國內一些現代文學研究者和作家，經由我們的判斷或多方了解他可能具有相當藏書，再將理想、概念傳遞給對方，徵求他們的同意及贊助，而選擇性的提供展出。當然我們也尊重展出者的個人意願和選擇。

此次展出，同時也是對民間的文學資源做試探及抽樣調查，倘若成效卓著，則將進一步呼籲目前臺灣公家機構有關現代文學的重要藏書，或是情治單位所沒收一些大陸出版的「禁書」，希望能將這些「遺書」、佚書編列目錄，集中管理，以方便研究者有更豐富的基本研究資料。歷史上，秦滅漢興，廣求天下「遺書」，實爲文化建設的首步，因此，對於文化遺產，我們尤須審慎、妥當、有效的儲存，以供學者研究之用。尤其中國在近代史上，歷經苦難、變化，書籍也遭遇許多災殃，如戰爭、政治干預等，所以當前雖然資訊科技非常發達，但過去有關文學、文化性書籍卻面目模糊，無法作完整的呈現。假使我們能在這方面多加努力，對文化建設提供很大的幫助。此外，對於雜誌、報紙等印刷傳播媒介，也應循用此法，將臺灣從日據以來，至光復、政府遷臺以後，刊載有關文學、文化性文章的報紙、期刊統一集中。相信只要有關單位有心於此，定能做出良好成果。

在整個珍藏書的蒐集過程中，我們也發現了許多有趣及值得探討的問題，編輯羣在「花絮」中會分別簡單報導，於此不贅。按理來說，在取得珍藏書之後，接下來是編目的工作和對書本的來源、被運用的情況做追蹤、考證。編目及追蹤、考證是文學資料學中兩項十分重要的工作，尤其考證工作更是文學研究的預備作業，中國古代有很多關於考證的方法與實例可以援用，因此此項工作的進行並不困難。

年表：作家研究的預備作業

有關作家年表展方面。作家年表、年譜、文壇大事紀要等，一方面屬於文學，一方面屬於史學，都是重要工作。年表和年譜由字面上看來頗爲相近，但在運用上則有差異。年表較爲簡明扼要；年譜則較龐大、細緻。商務印書館、廣文書局都出版過對古代學者的年譜叢書，但是有關記錄當代作家的年譜比較罕見。以資料的建立而言，作家年表是對其生平、著作的編年，也是傳記寫作、作家研究的最基本準備工作，更是現代文學資料學的一部分。而此次所舉辦的作家年表展，並不是由我們去編年表，而是從大部分附有年表的個人著作中去蒐集，因此，所蒐集到的資料詳略不一，但我們仍一併展出，其目的乃是要喚起作家對自己本身文學經驗的重視。當然作家所提供的年表未必十分準確、翔實，然而總是個基礎。

梁啓超先生在其著作《中國歷史研究法補編》一書中，將年譜的種類從多方面區分：一、自傳的或多傳的。前者有賴譜主的誠實、客觀性；後者則在於資料的掌握，且因時代的差距而不同，同時代者握有準確資料，但背負情感的包袱，異時代者雖擺脫情感約束，但在資料上也相形薄弱，因此，須二者互補，互爲佐證。二、創作的或改寫的。前者是作者自行蒐集材料，依體例書寫；後者則將他人所作年譜塡補新資料，或重新改作。三、附見的或獨立的。附見乃指年譜附於譜主某本集子中，如今大陸已有許多當代作家的獨立年譜，臺灣的作家年譜則仍局限於附見者。四、平敘的或考訂的。前者依時代編年，將譜主生平事蹟、創作情形、文藝活動等呈現出來；而考訂則區分三種：一是譜主事蹟太少，須從各處鈎稽出來；二是舊有記載把年代全記錯，須重加修改；三是作者故意汚衊，或觀察錯誤，亦須重新考訂。我們所看到的大部分作家在寫作年表時，少有學術、史學的規範，而依個人經驗來書寫。因此，梁啓超先生的此種區分方式，足供今人在寫作年譜時參考。

以上是我個人對此次活動的目的和狀況的簡略說明。先前我已提過，我們以嚴肅的態度去做學術的考慮，主要是將此活動視爲文學研究工作的預備作業。資料恒是賴以從事研究、分析、判斷的基本素材，因此在此也呼籲文學界，共同來重視現代文學的資料。

感謝新聞局的贊助，更感謝作家的熱心參與，使得展出的成果頗爲豐碩；《文訊》同仁長達半年的籌備，任勞任怨、默默的工作，我個人常受到感動，於此一併致謝。（高惠琳記錄）

七九、五、四《中華日報》副刊

我看《當代文學史料研究叢刊》

「當代文學史料研究社」及其機關刊物《當代文學史料研究叢刊》在臺灣的出現，標幟著文學的當代研究在現階段的臺灣已進入一個新的里程。這樣一份原本最好是由官方有關單位來支持的專業刊物，卻由民間幾位酷愛文學資料的文學工作者集資發行，代表文學的史料意識，已強化到具體實踐的階段，過去我們整個文學社會的研究人力不斷累積起來的資源有效地發揮它的作用。而從另外一個角度來看，這個社團與刊物也正檢驗著，我們這麼一個文學環境中的文學人，是否已成熟到足夠支持一項可大可久的文學志業的時候？

兩年前我曾撰一短文「文學史料的整理」（《幼獅文藝》三七九期，七十四年七月），呼籲成立一個「當代文學史料整理小組」的專責機構，當時我是主張由文化建設委員會，或是中央圖書館，或是由教育部委託一個學術單位或文學團體，總之是官方編列預算，請專家來做，沒想到如今出現的竟是純民間的，看著他們為雜誌經費而自掏腰包，而拉廣告，找訂戶，不免辛酸，難道文學做爲一種志業眞的是如此困難嗎？

這個「研究小組」，其實只是幾個朋友趣味的組合，談不上什麼「組織」，它最大的弱點可能是無法有效運用大專校園龐大的研究人力來做基礎性的工作，所以如何和大學新文藝課程的教授取得聯繫，研究可能的合作方式，我覺得是一件很重要的事；至於經費，在做出一些成績之後，應該可以持以向官方或民間的文教機構爭取援助。

從「第一輯」的表現約略可以看出該叢刊的走向，請先看「發刊辭」中的這段文字：

> 我們心目中的「當代文學」，是以新文學發軔以來的期間爲縱經，以世界各地的華文文學地區做橫緯。因此，凡是新文學運動以來活躍於各個年代，任何地區的華文文學及其工作者，都是我們建檔勾微的對象；而所有與對象相關的史料，就是我們整理彙編的目標。

這種能從時間和空間雙向考慮的寬宏意圖，頗令人激賞，代表這一個「研究小組」的成員已能突破小國寡民的狹窄格局。雖然現階段想要建構一個世界性華文文學的體系尚有其實質上的困難，但是它不失爲一個合乎時代意義的高遠理想。

整體來說，這個叢刊的起步相當厚實穩定，編排方面堪稱清爽雅致。不過，不盡人意的地方當然也有，譬如「目錄」，由於字體安排不好，顯得有些層次不明、輕重不分。在內容方面，資料豐富，統攝性甚強，能與發刊宗旨契合。下面謹提出一些個人淺見以供編輯羣參考：專輯做「新月」，標明是㈠，顯然有後續的㈡、㈢等，所以尚無法評論，期待有「新月人物點將錄」、「新月研究論文索引」等資料；「文學專論」欄刊邱各容〈中國兒童文學七十年〉，從兒童文學的人、事、物三方面羅列資料，作者標明是史料角度，所以是大題小作，可以在題上加「略述」字眼；「文壇動態」選擇精確，「新詩期刊」不應從「文學期刊」別出，吳興文的〈書目〉中，葉石濤的《臺灣文學史綱》不能擺入「文學史料」，依吳氏分類，應再列「文學史」類；「文學史話」的名稱與所刊二文的性質之間扣合不緊密；「書話」中陳信元的〈現代散文集過眼錄〉，構想甚佳，體例嚴明，提要精確，是一個需要長期經營，可大可久的寫作計畫，而李立明的〈香江書話〉只一頁篇幅，單薄得很，對於本地讀者來說，它其實很需要一段起始的說明文字；「當代已停詩刊回顧」，欄名可以不必，林煥彰系列文章直接歸入前欄「期刊回顧」即可；以「資料組」屬名的簡介〈中國文學家辭典——現代分冊〉，實不宜稱「海外書訊」，建議改爲「大陸書訊」。

誠如「發刊辭」所說，文學史料的整理與研究，向來就是寂寞、瑣碎而必須的工作，讓我們共同來關切這個問題，支援這個在臺灣地區出現的「當代文學史料研究社」，而且立即行動。

七六、八、一〇《金石堂文化廣場月刊》三二期

臺灣文學的出版與研究

最近偶爾看到一些文章，提到有關臺灣文學的出版與研究等問題，在那些文章裏流露出一股憂心，認爲我們身在臺灣，卻對臺灣文學的關切以及付出相當不夠，尤其在提到大陸上出版有關臺灣文學的書籍和研究現況時，更顯露出這樣的焦慮，我個人認爲這可能是一種因觀察偏差所造成的悲觀。事實上，我們在這一方面的出版，在質量上雖然不如人意，但已有相當良好的基礎，可開發之處甚多，一些人之所以會有那樣看法，除了因爲觀察距離所產生的偏差，當然還是基於愛深責切。

大陸出版我們這裏的文學作品，在書名冠上「臺灣」二字，主要在想特別突出書的特色以及出版這一類書籍的意圖。而我們在臺灣出版此地的文學作品，在名稱上當然不必一定要有「臺灣」二字，我們只要看一看每年在臺灣出版的文學類書籍，數量非常龐大，就可以知道情況不如想像中那麼壞，幾乎每家以文學書做爲主要經營內容的出版社，都可以看到他們加上一些「叢刊」、「叢書」、「文庫」、「系列」這樣的總名稱，其實這些都可以當做一套大的文學叢書來看待。

文學書籍的出版大概可分爲兩類，第一是文學創作，第二是文學研究。在文學創作方面包含兩種，一是「別集」（包括個人的選集和全集），二是「總集」（有大型的，有小型的）。我們較缺乏的是個人的全集及大部頭的總集，不過最近幾年，在個人全集方面陸續有些突破，譬如說「遠景」有七等生小說全集，「星光」有郭衣洞小說全集，「皇冠」有黃春明作品集，「人間」有陳映眞作品集、「大地」有唐魯孫作品集等等。在大部頭的總集方面，有《中國現代文學大系》、《當代中國新文學大系》、《光復前臺灣文學全集》、《日據下臺灣文學・明集》等等，預計由於出版事業日愈蓬勃發展，適合現代社會需要的大系（或全集）將會不斷地出現。

至於研究方面，當然也可以採取一般文學研究的方法來運作，簡單的說約可分爲下面一些方向：個別作家的專論，從文學作品去看問題（有關政治、經濟、社會、文化等），關於文學刊物、流派、社團等文學社會方面的研究，這些都可納入文學批評的範疇。除此，臺灣文學史的研究當然更重要。另外，臺灣文學與其他地區的中文文學之間的比較、臺灣文學與第三世界（甚至其他外國文學）的比較、各種不同文類的比較等，也都非常重要。由於臺灣各大學的文學科系對於當代文學的研究不太熱心，所以嚴肅的研究論著較缺乏，不過，最近幾年，已經有不少研究論文出現，譬如說民國六十八年王文顏的〈臺灣詩社之研究〉（政大）、六十九年周滿枝的〈清代臺灣流寓詩人及其詩之研究〉（政大）、七十年陳美妃的〈日據時期臺灣漢語文學析論〉（輔大）、七十二年楊炤濃的〈日據時期臺灣話劇活動之研究〉（文化）和廖雪蘭的〈臺灣詩史〉（文化）、七十五年鍾美芳的〈日據時代櫟社之研究〉（東海）。

臺灣的文學批評並不發達，和創作的量無法相對應，在個別評論家的評論集方面，書名上並不一定有「臺灣」兩字，譬如說像何欣、葉石濤、陳映眞、蕭蕭、彭瑞金等人的評論文集，當然都是有關臺灣文學的研究。在文學評論的選集方面，從鐘麗慧所編著的〈近三十年來文學批評選集提要〉（發表在《文訊》雜誌）中來看，雖然並不是非常豐富，但是值得參考，有價值的也不在少數。不過，大部頭的文學研究論文集還有待整理出版，同時，關於臺灣文學研究的資料彙編（個別作家、文學社團、文學雜誌、報紙副刊等等），最好能採取集體合作的方式，透過可能的途徑出版。

過去我們已經做了不少這方面的工作，需要做的當然還很多，希望不論在出版或研究方面，我們都能同心協力，朝向更寬廣的天地發展。至於大陸地區和海外對於臺灣文學的出版與研究，我們應有能力採取批判性的報導，不應僅止於感嘆式的介紹而已。

在當前總的局面之下，我認爲必須接受「臺灣文學」這個稱謂，但不必去做名詞上無謂的紛爭，實質上我們有些什麼，能再做些什麼，必須攤開資料，仔細檢討；應放大視野，不要局限在小格局之中而互相指控、拼鬥，畢竟我們需要有一個更長遠的未來。

七七、三、三〇《出版之友季刊》革新一期

臺灣文學研究開跑

一九九〇年臺灣的文學社會可談的事很多，任何一個現象都可以從比較寬的角度來觀瀾索源，尋找其歷史意義，從事當代文學觀察的人不應視而不見。在這裏，我特別想針對臺灣文學研究這個問題來談。

總的來說，臺灣文學的研究在今年頗有起跑的傾向，首先是校園內部文學研究系統產生變化。成功大學一口氣通過三篇研究當代臺灣小說家的碩士論文（六月），淡江大學大張旗鼓地舉辦爲期一週的「臺灣文學與文化研習營」（七月），意義重大；其次，清華大學與新地文學基金會合辦「一九四九年以前之兩岸小說」研討會（六月），青年作協與時報文化合辦「八〇年代臺灣文學研討會」（九月），文建會與《聯合文學》合辦「王禎和作品研討會」（十一月）、臺灣筆會主辦的「臺灣文學會議」（十二月）。再者，值得一提的尚有《民衆日報》文化版策劃的「臺灣文學研究室」以及《新地文學》（四月）、《臺灣文學觀察雜誌》

（六月）的創刊，在在都說明臺灣文學已成爲一個不容忽視的研究範疇了。

從這裏我們可以發現，「臺灣文學」已不再是被某種特定的意識形態所限定、獨佔的文學實體。參與討論的人與推動其發展的單位，已具相當程度的普遍性，已突破過去左右兩極化的現象，朝向多元化的發展。根本上這不是什麼「文化霸權」或「文學解釋權」的爭奪，而是我們的文學社會之體質已「健康了」的具體表現。

七九、一二、三〇《中時晚報》時代文學

話說「大系」

古代中文文獻中似乎沒出現過「大系」，倒是「大典」（《永樂大典》）、「大全」（《五經大全》）、「集成」（《古今圖書集成》）一般讀書人都耳熟能詳。不過，「大系」二字做爲一套選集的名稱，不論是聲音效果或是語意指涉，都頗能傳達編者的命意，形成一種氣魄，造成一種權威，這也就是爲什麼《中國新文學大系》之後，文學選集會出現「大系」傳統的原因。

遠在三十年代，上海良友圖書公司即已出版十巨册的《中國新文學大系》（趙家璧主編），收新文學運動以來第一個十年的作品（一九一七—一九二七）。分類主編皆一時之選。後來香港文學研究社在六十年代末期又加以《續編》（十册），收第二個十年之作（一九二八—一九三八）。第三編也已在最近幾年在大陸出版，規模更大。

在臺灣，首先出現的「大系」是七十年代初期由余光中等作家編輯的《中國現代文學大系》（八冊），收錄了五十、六十年代在臺灣的重要作品，相當程度的反映了那個時代的文學風貌，並可據以考察一九四九年以後的二十年間，中國新文學在臺灣地區的發展。到了八十年代初，一套由司徒衛擔任召集人的《當代中國新文學大系》（十冊），由天視出版公司出版，除了詩、散文、小說、戲劇之外，又有「文學論評」、「文學論爭」、「史料與索引」三部分，含蓋面更廣，時間更久，編輯者亦皆一時之選，理應有更大的影響力，可惜發行沒做好，比較少人知道有這套書。

此後以「大系」爲名的大套選集有《聯副三十年文學大系》（二十八冊）、《晚清小說大系》（三十六冊）、《中國大陸作家文學大系》（預計出版十冊）等。

由此看來，文學選集確實有一個可以稱之爲「大系傳統」的東西，一般來說，編輯人的企圖心都很大，希望藉著這樣的選集呈現一個時間階段的文學脈動，假如能配合一些有「大系」的性質和功能而不用其名的選集，像《光復前臺灣文學全集》、《日據下臺灣新文學明集》（甚至於像爾雅版的年度小說選，已出二十年，整體而觀，即是一部「當代小說大系」；黎明版的「中國新文學叢刊」，都可以視爲「當代文學作家作品大系」），則整個文學的歷史盡在其中矣。

在《中國現代文學大系》的總序中，余光中先生說：「書以『中國現代文學大系』爲名，除了精選名家的佳作之外，更企圖從而展示歷史的發展，和文風的演變，爲二十年來的文學創作留下一筆頗爲可觀的產業。」余先生顯然具有一種歷史性的巨視，最近，他接受九歌出版社的委託出面召集續編《中國現代文學大系》，帶著寫歷史的心情，要集羣智、策羣力來總結近二十年（一九七〇～）在臺灣的文學表現，爲了有別於前書，編輯委員研議以「中華現代文學大系」爲名，另外把時間的上下限及空間標示出來，將在明年（一九八九）春天出版，做爲紀念五四運動七十周年的獻禮。

一九四九年以後，在臺灣，中國人創造了一個與大陸本土迥異的新文學傳統，有寫實、有浪漫、有明朗、有晦澀、有雄渾、有秀美、有大河小說、有精美小品，非常值得我們珍惜，用最嚴謹的心情去彙編整理，給後代子孫留下寶貴的文化資產，同時向世人宣告：文學上的臺灣經驗，和政經同樣可觀。

七七、五、二六《中華日報》副刊

社會文藝學院

每年到了五月，大學校園都非常熱鬧，大一轉系、大四畢業考、研究所招生考試、社團負責人改選、文學獎評審，緊張和忙碌具體呈現在校園海報以及來往行走的談話之中。

相對應於校園內部，救國團以及其他單位主辦的暑期活動正在醞釀，以文學來說，復興文藝營、耕莘寫作班、聯合文學營、鹽分地帶文藝營、古典詩學研修營都已積極展開各種準備工作，包括安排課程、聘請師資、協調場地、招收學員等，希望在暑假中能順利進行，而且能夠有豐碩的成果。

關於「文藝營」，或「寫作班」，由於一般都是常設的活動，主其事者早就駕輕就熟，由於主辦單位通常都不在教育行政人員系統之中，所以執行過程彈性頗大，尤其是最近一兩年，在相互比較下有了競爭，越來越有一些新構想。

基本上，這樣的活動是校園外的文學教育，對於主辦單位來說，所收的報名費、學費當然不敷使用，必須編列預算，換句話說，這不可能是一種可以獲得利潤的商業活動，其性質比較接近政治、宗教、企業團體回饋社會的文化行為，其貢獻於社會、文學的精神，值得佩服。

對於年輕在學而且喜歡文學的學生，他有機會參加這樣的營隊，聆聽作家和學者對文學的高見，向他們當面請教一些寫作的問題，解開思考上的一些疑團；和同樣熱愛文學的朋友認識，以文會友，學習和別人對話和交往。這當然是人生難得的樂事，我在學生時代一直沒有這樣的機會，常引以為憾。

就一般的理解來說，「文藝營」所預期的目標，應該是經由一個有關文學的學習環境之提供，以達成文學人力的培養，一方面是鼓勵文藝創作，一方面是提昇鑑賞能力。其實這也正是大學文學科系一部分的目標，比較上來說，「文藝營」似更有功效，因為參加的學員最起碼都熱愛文藝，從這一點來說，這種民間的文藝營隊適足以彌補大學文學教育之不足。

不過為了讓文藝營更有效地發揮它的功能，主其事者如何在課程設計上更加精準，在師資聘請與溝通協調上更加用心，便非常重要了。文藝營授課畢竟不是演講，不能天馬行空地秀一下就算了，所以，該準備什麼樣的教材？該用什麼樣的講授方法？都不能不講究。尤其要認清教育的對象，那個場合絕對不是宣揚詩人一家詩想的地方。

我個人希望能夠看到更專業的文藝營出現，譬如「古典小說研究營」、「現代詩研習營」、「大陸文學研究營」，甚至於專爲少年辦的「少年中國文學營」、專爲海外青年辦的「華文文學營」，專爲退休的老人辦的「長青文藝營」等等的營隊，它們整體可以合成一個社會文藝學院。我有這樣的夢想。

七七、五、一二《中華日報》副刊

强化文藝行政

臺灣省立美術館在各界殷切期望下正式開館，但一開始便暴露出不少弊端。《聯合報》廿七日「文化・藝術」版以「美的時刻何時來臨」爲標題，新聞內容引述外賓的話說：「沒有見過比昨天更嘈雜的美術館開幕式！」同日，《臺灣日報》三版有一篇記者特稿，標題是：「觀衆素養眞夠差，外籍人士看了直搖頭；專業人員太缺乏，參展作品擔心受破壞」。由此而回想臺北市立美術館自開館以來的風風雨雨，甚至各縣市文化中心所呈現的諸多實際問題，不免要提出呼籲：請强化文藝行政！

行政工作一直被認爲瑣雜細碎，而且機械化；其實，這是很大的誤解，尤其是專業如美術館的機構，如何妥善規劃、有效執行，非得專精於美術行政者來統籌其事不可。這樣的專才，至少必須具備以下的條件：首先，他必須有相當程度的藝術史知識；第二，他必須對當代的藝壇瞭如指掌；第三，他必須有很高的藝術熱情；第四，他必須深具行政與管理之才能，有良好的公共關係，而且謙虛有魄力。美術館如此，其他如果有文學館，或者音樂館，也是這樣。

筆者用「文藝行政」來涵括這樣的事務，當然也考慮到這些「館」的行政系統。譬如，美術館在編制上是屬於「教育行政體系」，其實，這個「體系」值得研究，就像是「國家戲劇院」、「國家音樂廳」不在文建會管轄範圍，也同樣有必要研究。國內即將成立「文化部」，整個文化行政體系必須建立，文藝行政當然是其中非常重要的一環。

更擴大來說，國內各大學裏的文藝相關科系，民間的一些畫廊或藝術中心，各自都必須建立一套制度，有效去運作，才能發揮實質功能，依筆者看，這些都可納入文藝行政的範疇，而且都應不斷強化。

七七、六、二八《民生報》二版

文學社團的憂思

當最高當局宣佈即將解除戒嚴，開放政治性人民團體，隨之而來的當然是社會各階層一連串的動作，而文學界，正在醞釀或籌組中的大小社團也有不少，透露出不少訊息。

自古以來，文人的結社傾向就非常強烈，也實在有不少社團確實發揮過很大的階段性功能，像明末復社，辛亥革命前的南社，日據時代臺灣的櫟社；卻也有不少社團爲野心家所操控，用來黨同伐異，獲取私利或沽名釣譽，如明代許多文人集團。

此際，新興的一些文學社團，正圖健全組織，壯大聲勢，希望有所作爲，樂觀其成之餘，不免也想起我們既有的爲數不少的文學社團，在過去的歲月裏，他們雖曾發揮過應有的功能，但面臨現階段的特殊狀況，在觀念和作法上是否也該調整？最重要的是：是否該注入新血、增強活力，以適應新的時代？而主管文化的單位，又該如何和他們聯繫與溝通，提供最大的支援與服務，以求文學社會規範的維護，並且推動文學的發展？做爲關心文學的人，我有這樣的憂思。

七六、二、八《聯合報》副刊

向沈從文先生致敬

一位在報館做事的朋友打電話告訴我，他說三十年代小說家沈從文死了，問我有什麼看法？我旣沒有表示震驚，也沒有任何哀悼的意思。隔天，臺北有兩家報紙幾乎用整版悼念這位數度被提名諾貝爾文學獎的中國作家，都極力肯定他在文學上面的成就。

臺灣的報紙在沈從文辭世之後，迅即推出專輯以爲反應，除表示報紙編輯的有效運作之外，也充分顯露出臺灣讀者對於沈從文的詮釋觀點，不論說他是「可敬的文學大師」，或是「最鄉土和最世界的中國作家」，都說明自由世界的中國人對沈從文的敬意。

沈從文確實可敬，爲了抗拒馬列毛的文藝政策，在北平陷共之後他的創作之筆便停止了，從五十年代到七十年代，在無盡的苦難之中，他在古典文物中獲得了精神上的棲身之所，陸續完成了幾部古典藝術的巨著。

八十年代以前，沈從文在中共文學史家的筆下是沒有地位的，始作俑者可能是王瑤，王氏完成於一九五一年的《中國文學史稿》，在第二編「左聯十年」（一九二八—一九三七）中論到「多樣的小說」時，有一節是「城市生活的面影」，中間提到沈從文，評判語幾全是偏見，且是有意的貶辱。倒是在臺灣的周錦《中國新文學史》、在美國的夏志清《中國現代小說史》、在香港的司馬長風《中國新文學史》給予較多正面的肯定。夏氏以專章論他，司馬氏分別在四章中說他在二十年代是「未熟的天才」，在三十年代是「文壇巨星」、「短篇小說之王」、「足稱散文大家」。

「文革」以後，在一九七九年完稿的北大等九院校編寫的《中國現代文學史》中，已經能夠正視沈從文作品的特色了，但是還無法擺脫教條框框，譬如說他「未投入現實鬬爭的洪流」，說他的「作品一般缺乏積極力量」；一九八四年出版的《中國現代文學簡史》（黃修己著），說沈從文「創作有廣度但缺少深度」；同年出版的《中國現代文學教程》，在「第二個十年的作家作品」中討論沈從文，雖然還說他「缺乏具有時代感的歷史內容和應有的思想深度」，但已能肯定他的「藝術語言」，正視他那「具有湘西地方色彩的鄉土文學作品」了。

過去，沈從文的小說在臺灣只能在地下偷偷流行，去年元月出版的《聯合文學》，大膽地推出整本是「沈從文專號」，頗獲好評，有一出版社且派人親赴大陸和他簽合約，要出版他的書；大陸在一九八〇年以後陸續又出版他的作品集，文學史家也開始比較客觀地看待他。這個時候，他卻走了。這當然是遲早的事，畢竟他已經八十六歲了，我覺得：我們不只是要在這時候懷念他而已，眞正的沈從文研究，應該積極展開了。

七七、五、一九《中華日報》副刊

紀念張道藩先生

去年七月在臺北舉行的「抗戰文學研討會」中，我曾宣讀一篇〈張道藩「我們所需要的文藝政策」試論〉，引起許多文壇前輩的議論，有人認爲一個後生晚輩如何可以來論斷張道公這麼一位位高權重的前輩；有人提出應該重新評估張先生一生的功過；有人則對「文藝政策」發表了很多反對的看法。我在綜合討論中曾表示了一些看法，也做了一些說明，基本上我認爲：只要是歷史，就沒有什麼不可以討論的。張道公是一個歷史人物，身繫國民黨從大陸到臺灣的文藝政策與工作，如今事過境遷，正可擺在學術層面來討論，一方面掃清迷霧，還原歷史的眞相；一方面也可以檢討當今的現實，研究出較適當而且有效的一些策略，以開創較好的文藝環境，促進文藝的發展。

在報告中我曾提到：我們居然沒有一部「張道藩先生全集」，他的「戲劇集」和「書畫集」都還是辭世以後的一、兩年內，由蔣碧薇女士替他印行的，這是一個很大的諷刺，我認爲「中國文藝協會」和「張道藩紀念圖書館」應該積極進行。

今年是張道公逝世二十周年，過幾天（六月十二日）便是他的忌日，我不知道立法院（張道公曾任九年立法院院長）以及上述兩單位有沒有紀念儀式，聽說會有，不過，一番追思、憑弔之後，又該如何呢？且讓我提供一點淺見吧！

首要之務是籌備張道公的全集，此事宜由「文協」和「紀念圖書館」聯合來做，可請立法委員陳紀瀅先生爲召集人。

其次應該編成一本「張道藩研究資料彙編」，包括傳記、書目提要、評論索引、年表等，最好能夠找出他曾編過的書刊、辦過的文學活動等有關資料。

第三，我以爲可以召開一個小型的「張道藩學術研討會」，論文最起碼要有下面幾個論題：張道藩的戲劇、張道藩的文運、張道藩的愛情；另外，可以環繞著「文藝政策」舉行一場徹底開放的座談會。

第四，可以附帶展出張道公的遺物，包括他的書、畫以及生活上用過的東西（這可能有很大的困難，不過，有多少算多少）。

目前，與張道公有關的著作大概有三本：一本是《哀思錄》，其中有不少珍貴的文獻；一本是趙友培先生執筆的《文壇先進張道藩》（原在《中華日報》副刊發表，後來由重光文藝出版社出版）；另一本是程榕寧小姐執筆的《文藝鬪士——張道藩傳》，列入近代中國出版社的「先烈先賢傳記叢刊」中。除了後者以外，都已絕版，似可重新排印出版。當然其他還有零散的單篇，都需要蒐輯。

道公辭世二十載，他生前的國共鬪爭之形態已迥異於今日，今日立法院之風雲也絕非他在時所能預料，環境變遷，我們自是不能以今之觀點去評價他，不過，面對他的確是一種必要，而要給他一個合理的歷史位置，重要的是資料，而我們能夠擁有翔實的張道公之資料嗎？誰能回答我這問題？

七七、六、九《中華日報》副刊

讓紛陳的現象秩序化

民國三十八年以後大陸地區的文學，由於資料的取得實在不容易，很難以正常的文學史的觀念和方法去面對。大陸的文學史家皆以「當代」指稱這一階段的文學（他們將一八四〇年的鴉片戰爭到五四運動稱「近代」，五四到民國三十八年稱「現代」），這種一元化的歷史解釋，並不能代表大陸的文學研究者存有共識，而是整個寫史的學術工程，「都是在主持單位院校黨委、中文系總支的領導和關懷下進行的」（《中國當代文學史》前言，一九七九），所謂學術自由，可以說蕩然無存。

政府遷臺之後，基於保臺以及長期的反共大業，對大陸採取封鎖的隔離政策，如今經過了三十八個年頭，由於主客形勢的改變，政府對大陸的政策已有所調整，走的是比較開放的路線，整個民間遂籠罩在大陸熱的氛圍之中。在這個時候，我們的大傳媒介扮演相當重要的催化角色，面對大陸的文學作品，一些雜誌和報紙副刊選擇性的刊載，出版社基於商業考慮，東抓西拿，大量的出版，爲了要通過市場的現實考驗，於是而有美麗的包裝、誘人的廣告主題，政治和法律層次的問題還沒有完全解決，整個市場眼見就是一場混戰。

阿城的出現，被貼上「旋風」的標籤；張賢亮的《男人的一半是女人》成了「現代版的金瓶梅」。這些經營上策略的運用，我們都可以理解。但是針對這些現象，我們的文學界迄今尚未提出一個合理有效的詮釋觀點，卻有不少人跟著起鬨，有的在讚嘆之後，對臺灣地區的文學喪失信心；有的仍然從政治角度，把那些作品當作「匪情研究」的對象。當然也有漠不關心，毫無反應的。

做爲一個關切中國新文學發展的工作者，我不免要思考，這些湧進臺灣書籍市場的文學作品，對於在臺灣這個地區所發展出來的新文學傳統，究竟會造成什麼樣的撞擊？或者根本沒有影響？我們是要讓它們自然發展？還是要集羣智策羣力去從事研究呢？

過去，夏志淸先生曾經說過：「中國大陸的『新文學』，始於一九一七年的文學革命，終於一九四九年。」董保中先生也說：「大陸中共的文學不能代表現代中國文學，也不能成爲現代中國文學的傳統。」這樣的意見出現在七十年代，可以說無可置疑，可是現在，海內外對於「文革」後「傷痕文學」以降的大陸文學，充滿了好奇、新鮮，甚至於帶著期待，而形成閱讀的熱潮，我們當然不能視而未見，那麼面對整個新文學傳統，是否需要一組新的詮釋架構？這個問題牽涉到臺灣文學的歷史定位，不能不愼。

此時此地，我們有感於一種歷史性巨視之必要，一方面希望能夠將晚清以降的中國新文學，清理出脈絡，使得整個傳統的流動變化在一個合理的軌道運行；另一方面則應把三十年代以後，世界性的華文文學體系建立起來。前者主要是縱的歷史作業，後者主要是橫的區域性之聯結。在這麼一個大的時空結構中，民國三十八年以後臺灣和大陸（甚至於香港、新加坡、馬來西亞、菲律賓、泰國等地）的文學，應擺在什麼位置上，或許可以比較清楚。

而眼前的急務是，在大陸文學資料的蒐輯上，我們必須加快腳步，才能強化研究。在這個研究範疇，我們以前比較缺乏應有的關切，於今無論如何是要徹底去認識，以學術的態度和方法，去條分縷析、沿波討源，尤其是「文革」之後迄今的諸多文學表現，包括政經對文學的影響、社團與活動、作家與作品、創作與研究等等。我甚且認爲，我們必須有一個「大陸文學研究中心」，來儲存資料、調配研究人力，在大學課堂裏頭，開設「大陸文學」有關的課程，更是一種必要，唯有把它們納入正式而嚴格的研究系統，才能把紛陳的現象秩序化，提出合理的解釋。而我堅信，我們的學界早已充分具備這方面的研究潛能了。

七六、一〇、二《聯合報》副刊

採主動研究「大陸文學」

由於歷史的不幸，中國新文學的史線極端扭曲變形。在過去，我們都習慣以一種消極的態度來接受這個事實，然而現在亟需大幅度調整心態，重新尋找一個合乎實際狀況的詮釋觀點和體系了。

近四十年的隔離所造成的斷層必須接縫，大陸學界在有限的資料中研究臺灣文學，有些論斷誠然可笑，但獲得資料尚沒有太多的限制，所以能夠連開三屆的「港臺文學會議」，據說「臺灣文學史」最近即將完成。

大陸文學絕對必須大規模、有計畫的研究了，具體的做法就是成立一個「大陸文學研究中心」，先把散置各處的資料集中，同時編列預算，大量購買最近幾年新出版的書（香港三聯書店編有《中國報刊訂閱手册》、《中國圖書總目》），編目、提要，開放給有條件研究的學者去運用，而且聘請或者特約研究員，有系統的從事專題研究、出版刊物，規劃大陸文學研究叢刊，舉辦大陸文學研討會，態度是嚴肅的，方法是學術的，一切採取主動。

我們在政經上的發展有目共睹，活潑的社會力更是無盡的資源，在文學研究上，主管單位應以最大的智慧來面對大陸文學資料的問題。

七七、一、二八《聯合報》文化新聞版

如何面對「大陸文學」

以「大陸文學」指稱民國三十八年以後在中國大陸的文學，實乃一種暫時性、權宜性的考慮，事實上，無論是從什麼樣的角度，包括內在的精神和外在的形式等方面，大陸的文學都是我們所習稱的「中國新（現代）文學」，在臺灣者亦然。但大陸其實眞的很大，大江南北、邊陲地帶，多數是中原漢民族，比較少數的是東北族羣和西南族羣，涵蓋之廣實非島國心態所能丈量。

「中國文學」而必須區分爲「臺灣文學」、「大陸文學」，甚至於還有「香港文學」，當然是近現代中國的歷史不幸所造成的，一八四〇年的鴉片戰爭將香港割讓給了英國，英國殖民政府以帝國資本主義方式統治香港，把香港形塑而成懸在中國大陸華南地區最南端，一顆亮麗耀眼的明珠；一八九四年的甲午戰爭，把臺灣割讓給了日本，日本殖民政府以封建專制的高壓統治臺灣，希望將臺灣變成日本本土的外延之地；一九四九年，中共赤化大陸，海峽兩岸完全隔離，大陸在蘇俄的支配之下形成封閉的社會主義制度，臺灣在美國的影響之下逐漸資本化、現代化，各自有其發展系統，也各自有其難題。

就中國新文學的傳承來說，這就非常明顯的出現了空間的分裂與時間的斷層，民國三十八年以後，三、四十年代的作家，絕大部分留在大陸，小部分隨政府來臺。大陸的作家陸續捲入殘酷的政治鬥爭之中，幾無人倖免於難，而在臺灣，日據時代的作家由於光復後與政策之間的調適困難，幾乎都已停筆，由大陸來臺的作家，逃離故土的驚悸猶存，普遍仇共恨共，於是一時之間形成亂離、懷鄉、反共、戰鬥的時代性文體，隨後由於各種主客觀情勢的變化，而有階段性的變化與多元化的發展。不論臺灣或大陸，縱向繼承都有其基本的難度，橫向繫聯根本不可能，分裂與斷層於焉產生。

命運之神對於我們這個民族的作弄，似乎正考驗著這一代中國人的智慧、勇氣和毅力。內政與外交，現代式經濟開發與文化的傳承和創新，分裂的統一與斷層的彌縫等等，無一不是巨大的工程。在文學上面，如何以承認並尊重區域性的特色爲基礎，重建體大的「文學中國」，和海外華文文學的所有工作者，共同致力於建立世界性華文文學體系的理想目標，我想應是所有以華文（中文）書寫的文學工作者責無旁貸的歷史性任務。

所以，現階段在面對「大陸文學」的時候，以臺灣的市場體系來說，商業利潤的考慮雖很難排除，但是從大局著想，民族情感、國家立場、文化與人性諸多因素都不能不去周全考慮，任何功利、短視的心理與作爲，在這時候都會妨礙文學工程的開展，我們不只是要以此責全政府有關部門，更要以此與所有文學人共勉。

在這個情況之下，基本的要務是充分的認識，要達於此，先決條件當然是要有最詳備的資料，關於這一點，目前雖有相當程度的突破，但距離理想尚遠，這是我們大家共同的責任。

七七、三、二四《中華日報》副刊

當前「大陸文學」

爲了重建體大的文學中國，並希望能夠經由文學更深刻的認識我們素所關切的大陸，《文訊》雜誌和《聯合文學》雜誌於五月二十二日假臺北市文苑召開「當前大陸文學研討會」，議程一天，上午發表政大國關中心助理研究員葉穉英(美國聖若望大學東亞所碩士)、南加大比較文學系教授張錯(美國華盛頓大學比較文學博士)、花蓮師院副教授張子樟（中國文化大學三研所博士)的三篇論文，題目分別是：〈當前大陸文學思潮試論〉、〈大陸新詩的動向〉、〈當代大陸小說的角色變遷〉，講評者分別是政戰學校副教授徐瑜、中山大學文學院院長余光中、清華大學中文系副教授呂正惠。下午舉行一場三小時的公開座談會，分別邀請尼洛、瘂弦、何偉康、陳信元、周玉山五位先生，分別就：①面對大陸文學的態度與方法，②大陸文學的變貌，③大陸文學在海外，④大陸文學在臺灣，⑤當前海峽兩岸文學之比較提出引言。上、下午的會議由臺大外文系教授蔡源煌及成大中文系教授馬森分別擔任主席。

我們認爲，大陸文學在「文革」十年浩刼之後有很大的變遷，經由文革傷痕的暴露、文化反思、鄉土尋根等階段，已經逐漸脫離馬列教條的框框，朝向比較多元的發展，一方面對應著中共有限度的開放政策，另方面則普遍對抗著仍「四個堅持」的統治階層，其中透顯出許多值得討論的問題。我們希望經由學術會議的召開，從民族情感、國家立場以及文學發展等方向，客觀公正的面對大陸文學。《當前大陸文學》一書主要收錄此次研討會三篇論文及五篇座談引言，並附錄江振昌先生有關當前大陸文學的兩篇論文：〈中國大陸的科幻小說〉（《文訊》第十八期，七十四年六月）、〈中國大陸的朦朧詩〉（同上，第二十二期，七十五年二月），它們都是應《文訊》之邀而寫；另外還附錄張子樟、陳信元兩位先生有關大陸文學的出版與研究之索引，前文發表於《文訊》第六期（七十二年十二月）「大陸傷痕文學專輯」，後文專爲本次研討會而編。

無可置疑，從民國七十三年開始，臺灣地區便出現了所謂大陸文學熱，在本專欄中，我曾數度表達了我個人對此現象的觀察和看法。現在回想起來，這樣的發熱，其實是相當正常的，不少人的疑慮，至今應可獲得澄清，臺灣的作家並不會因此而喪失信心，因爲我們民間自然存在著活潑、彈性的文學力量，已經有充分的能力來融通會解由大陸而來的衝擊。熱度消退之後，一切回復到正常的體溫，我們又可以在開闊的論述空間裏自主的活動了起來。

本書的出版正可以證明這個事實，當大家都可以用平常心來面對大陸文學，把它們納入學術層面來條分縷析，使之成為中國新文學傳統中的一部分的時候，文學上豐實的臺灣經驗才會具體而清晰起來。

七七、七、二八《中華日報》副刊

文學中國

民國七十三年十一月，在臺北創刊的《聯合文學》開闢了一個「大陸文壇」專欄，該期發表旅美作家陳若曦〈大陸上的女作家〉一文，已經提到遇羅錦、張抗抗和張辛欣等新一代的女性作家，可惜沒有受到文學界普遍的注意。《聯文》自此以後不斷在這個專欄推出的文章，包括後來發表的阿城等人作品，實在可以視爲近年來臺灣地區的文學大陸熱之濫觴。

這股文學大陸熱開始表現在報刊的轉載上面，轉載什麼人的什麼文章，主要的影響來自海外研究中國現代文學的學者；第二個階段才是出版，影響的因素多了一項市場的考慮，所以先出版的是明星級作家的成名作，接著是以性和愛情爲訴求，希望佔有比較廣大的市場，最後才有比較嚴肅的選集、大系等。而在整個發展過程中，報導和評論也陸續出現，立場和方法雖然頗有不同，但這總是好事，至少表示此地的文學界並沒有在熱浪中沖昏了頭。

注意整個潮流發展的人應該可以發現，這一場大陸文學登陸臺灣的大規模行動中，大陸作家完全是被動的，臺灣的大傳媒介和文學人其實是有相當程度的選擇性的，其他的狀況不說，就文類而言，直到現在，在出版方面，除了《北京人》（張辛欣等著）是報導文學之外，清一色是小說，各報紙副刊可能也把大陸的新詩視爲票房毒藥，不理不睬，除了道聽塗說北島可能被提名諾貝爾文學獎，而有一兩天北島熱之外，幾乎是無視大陸詩人的存在，倒是《聯文》和《文星》曾經表示過相當程度的關切，後者在復刊第七號（一○五期，七十六年三月）的「大陸新探」特輯中，除發表張香華和張默的評論之外，有一「大陸現代詩選」（本期刊〔上〕，次期刊〔下〕）發表了舒婷、北島、楊煉等人的作品。

大陸的詩，在文革以後有相當大的變化，先是「抗議」之聲不絕如縷，接著便「朦朧」起來了；對它們表示關心和重視，是非常重要的一件事。在這方面做得較早較好的其實是詩人自費出版的詩刊，民國七十三年六月第六十四期的《創世紀》是「中國大陸朦朧詩特輯」，次年七月出版的《春風》詩刊策劃了一個大規模的「中國大陸朦朧詩專輯」，有報導，有評論，觀點容或不同，做法和資料則非常可貴。

去年年底出版的《創世紀》七十二期，大手筆的策劃了「大陸名詩人作品一百二十首」，又有簡單的詩人資料，今年初，該刊召開了一場以此專輯作品爲討論基礎的座談會，想來討論應該非常熱烈。

至於大陸的散文、戲劇和文學批評等方面，我們做得實在太少，顯示出我們並不是有計畫地將大陸文學引進。當兩岸在文化方面的接觸都愈來愈頻繁之際，重建「文化中國」應該是一個可以實行的理想。對於文學來說，「文學中國」的目標是否可以逐漸完成，就端賴文學人以及關係人是否可以用同情與諒解的態度彼此互相面對，這裏面有一個非常重要的關鍵是，我們必須徹底了解，大陸作家和中共對於臺灣地區的文學，到底抱持什麼樣的看法，只是一頭熱，理想情緒是很容易幻滅的。

七七、三、一七《中華日報》副刊

輯三——實踐

從生活中來

今且不管文學是否可以經天緯地，或者讓人「窮賤易安，幽居靡悶」，毫無疑問的，文學與人的生活關係至密，它從生活中來，回過頭去記錄、反映或批判生活。對於作者來說，通過文學的有機形式，他表達了一己的理念和願望；對於讀者來說，他經由作品的傳達，去學習或印證各種人生經驗。

這些全然是屬於「文學論」中的「文學是爲什麼」的問題，原就不是什麼艱難深奧的大道理，但是大部分喜愛文學的人士是不一定會去思考的，縱使是想到了，結果也不一定如上面所說。不過，我們確信，文學以文字做爲最基本的表現媒介，最起碼具備了「表情達意」的傳播功能。

現今的青年是極少有不識字，凡識字者或多或少都讀過所謂文學作品，也許是通俗的，也許是嚴肅的；也或多或少都寫過文章（所謂「作文」便是），也許是難得的佳作，也許辭不達意，通篇胡謅。不管怎樣，對於大部分青年來說，文學在他成長過程中，擔負著相當程度的重要性。

我一直認爲，文學作品絕不是青年拿來殺時間的玩藝，有感而發，努力而仔細地一字一字寫下來，對於自己，那是何其莊嚴的一件事；正課之餘，品賞詩人的華翰，或小說家的虛構或寫實，不只是一種高雅的娛樂，同時也在經驗各種人生。總而言之，讓文學豐富你的生活，你會成長的更有意義，也更上軌道。

我愛文學，也重視文學教育，所以很關心學生的文學社團，因爲我認爲文學社團比起課堂更容易培養文學趣味，提高文學鑑賞能力，是培養作家的搖籃，另外，它可以讓你學習去和別人理性的討論一個嚴正的問題，依我看，那就是民主。

近兩年，本校文學社顯得活潑熱鬧，連續兩任的社長對文學的興趣都很大，對社團亦有熱情，他們除了例行的活動，如分組討論、舉辦徵文之外，亦負責《德明青年》的編輯工作，社裏一些菁英，能寫能編，頗有大將之風，最近他們研討要創辦一份《德明文學》的小型刊物，我覺得確有其必要，因爲這樣一份刊物，可容量雖小，卻也是一個園地，可以拿來實踐一些基本的文學和編輯理論，另外，我個人希望這份刊物能帶動全校文學風氣，讓文學中清新的、活潑的質素來美化、雅化我們的校園。

七四、三、八《德明文學》創刊號

我在五專教國文

我曾在一所私立中學代過三個月的課，教一班初一和一班高三；服預官役時，也曾在一所軍事學校教了一年的國文。這兩次教學經驗，我一直都把它們當做是教學生涯的預備作業，十分珍惜。最近幾年，我一直都在學校裏教書，我的學生有大一的，有三專一年級的，比較多的是五專四年級的學生，學校不一樣，學生當然有所不同，大體上來說，我比較喜歡在五專上課。

在臺北市郊一所私立五專裏，我教的主要是國文，另外還有一班近代史，都是四年級，相當於大一。我沒當導師，也沒有負責行政工作，因此可能對學校和學生的理解不多不深，不過也因此而可能比較客觀地去看。

這個學校的校長是一個年輕的文學博士，從三十三歲便接掌校務，到現在已經十年了。因爲校長年輕、開明，所以整個學校就顯得很有朝氣，校長自己常說，那就是神采飛揚。

在這裏教書的老師，就拿國文來說，絕大部分是碩士，正在讀博士班的不少，熱情、幹勁，彷彿便是他們的標幟；至於學生，眞是可愛極了。他們大部分是女生，純眞、自然，許多都已經有了愛情上的困擾，常常可以從作文中看到他們在這方面的徬徨與痛苦。對於功課，用心的比較多，但也有滿不在乎的，我想任何地方都是這樣。至於對於社會以及世界情勢，他們似乎不太關心，不過他們很注意老師的髮型，有時上課說得滿頭大汗，坐在前排的學生會悄悄遞上一條手帕。

根據我的觀察，他們剛來的時候，許多學生的心理都不太平衡，好像是不該來這裏似的。但是一般來說，讀了一年以後，很少學生會重考。我對這一份事情的解釋是：他們喜歡上這個學校了。

我想，我並不頂了解五專的學制，只約略知道它是一種所謂的技職教育。就商專來說，不論是國貿、會統、企管、財稅或是銀保，專業科目的份量很重，我沒有興趣拿它和大學的商學院相比，可是我發現，學生用的課本很多都是「大學用書」，於是我不能沒有疑惑，爲什麼不用「五專用書」？

我當然知道，五專爲我們國家社會培育了大量的中級技職人員，但是我實在懷疑，在我們這個社會裏，五專畢業生中，讀國貿的可能去貿易公司做事？讀會統的可能去公司行號當會計，或是去會計師事務所工作嗎？

在我所任教的學校裏，有一個我認爲是很特殊的現象，那就是到了四、五年級，就有許許多多的學生開始準備插考大學了，特別集中在國貿和會統兩科，一些班級甚至有一半的學生有這種意願，學校也設法加以輔導，結果是，每年到了九月初，全校四處都張貼著恭賀上榜的大紅色壁報，熱鬧非凡，走進一看，包準你會嚇一跳，有考上臺大、中興的，有考上輔仁、東吳的，不只是考上商學院的科系，也有考上中文、哲學的，幾個特別優秀的學生還連中三元、四元，看得你嘖嘖稱奇。

看到這種情況當然高興，尤其是還有人一心一意要讀中文系。但是高興歸高興，我還是有點不解，到底五專的功能在那裏？它是大學的先修班嗎？

我無意去探討這個問題，畢竟我只是一個教國文的。我比較關心的還是學生的國文程度，不過，唉，那不要提了；每當滿堂喝采，我都有一種做秀的感覺。

七四、九、二九《自立晚報》副刊

中文系必須再來一次體檢？

十幾年前（六十一—六十二年），「華副」有一場歷時一整年的「大學文學教育論爭」，討論「中文系」和「文藝系」的問題，後來結集成書，列入《中華日報》甲種叢書。錢震先生在序中說：「先後發表評論，達二十餘萬字，參加討論的作家亦達三十八人。」可見其熱烈。由於論戰的雙方皆知名人士，時間持續甚久，加上《中華日報》有效的傳播，此事影響之大，不言可喻，實際的成果是教育部終於准許大學文學院設立文藝系，必修課程並經專家學者開會制訂，一切也就塵埃落定了。

重閱論戰集，回望燎原的戰火，殺伐之聲此起彼落，我感慨萬千，實有不得不言者。

民國六十一年我進大學，進的正是這場論爭的眞正戰場——文化學院中文系，我讀的「文學組」是傳統中文系的體制，系上另有一組叫「文藝組」，讀的正是現代文學理論和創作並重。我當初不甚了解這些差距的眞正問題，只常聽老師們在課堂上把現代文學罵得一文不值，對於一個熱愛寫作的年輕大學生，衝激實在很大。

十多年過去了，在中文系裏，我從學生變成老師，教學、研究之餘，也積極對當代文學問題提出意見，熱心參與校園外的現代文學活動，希望能改變一些現狀，並且從事一點回饋。每每我深感不解，社會都發展到現今這般的開放、活潑，比較起來，一些大學校園的中文系還是那麼保守而僵化，彷彿那是一個封閉的系統：表面上它的內部能自我滿足，但其實是結構鬆散，制度形式化，人的因素仍然是影響各樣系務推展的主導力量。

回想那場論戰之所爭，其實是大學的文學教育是否該把「現代文學」或新文藝納入？甚至於「現代文學」或「新文藝」是否可以在傳統中文系之外另外設系？關於前者，現今已無所異議了，問題是開了什麼樣的課？採取什麼樣的教案？尤其是什麼條件的人才有資格來上這些課？關於後者，最後只是文化學院中文系的「文藝組」地位確定，學生所修學分都獲得承認，其他學校十多年來沒有一個設立「文藝系」。

這到底是爲什麼？是新文藝還不到可以設系的時候？還是教育執事者普遍還無法接受這樣的觀念？還是文藝人才根本就不需要由學院教育來養成，或者是已經設立的「文藝組」績效不彰，讓人對這樣的科系沒有信心？

我不認爲新文藝需要設系，但我堅決主張中文系必須加強新文藝教育，中文研究所必須加強新文藝研究，文學必須傳承，也必須創新，「舊與新」、「古與今」原只是相對的概念，不應有所厚薄，假如到了今天，中文研究所還不准學生寫有關新文藝的論文，教授升等因爲寫的是有關現代文學的論著而不分青紅皂白的被封殺，那麼我認爲中文系必須來一次大規模的身體檢查。

翻閱論戰集，想起當年叱咤風雲的戰將，趙滋蕃先生、陳克環女士已然作古，于大成先生兩度中風，左海倫女士滯美未歸，邢光祖、趙友培、彭品光諸位先生由絢爛歸於平靜，已是退隱狀態，而問題仍然是問題，思及此，眞不免感嘆了。

七七、五、五《中華日報》副刊

應用中文

七十六學年度是我到淡江任教中文系的第一個年頭，龔主任鵬程兄希望我開一門「應用中文」，我欣然同意，遂從「知識的應用」、「經驗的轉化」等基本概念出發，初步建立一個「應用中文」的簡單系統。

在導言的部分，我提出「應用中文」是「傳統應用文的大突破」，為此，特別將「中文」做了三種解釋，分別是「中國文字」、「中國文學」、「中國文化」，討論它們的可應用性以及方法的運用，歸結到：強化中文的應用，除有增加它的多元性以外，還可以豐富它的藝術性、文化性。

任何一個知識體系的建立，都不能忽略歷史的發展，只有從歷史的考察中才能去歸納經驗，提煉出現代意義。「應用中文」當然也不例外，我原擬從各種古典的應用文書著手整理，將貞卜、銘、誓、誥、令、表、序等方面的作品詳加分析，並觸及諸如中文傳播以及中文在政治、商業上的應用問題。但這個工程實在浩大，很難在短期間見到成效，再加上考慮到學生在學習上的局限，只好暫時擱置。

在當代實際的應用方面，我約略訂出它的範疇是：藝術、商業、傳播、科技、學術研究和日常生活，可是在一年之中，我把注意力集中在「中文在大衆傳播體系中的應用」，談編輯、企劃、採訪、廣告，爲此，我不得不告訴學生有關傳播、大衆傳播、當前臺灣的大衆傳播等一般性的知識，但我發現學生對這些基礎性的東西並不太感興趣，因此我一再調整教程。另外，我做爲一個「傳播者」和受播的閱聽學生之間的經驗範疇，由於交集太少，傳播的效用並不大，逼得我不得不調整教學策略，甚至於學會了投影片的運用。

從應用的觀點來看文學，可以討論的當然很多，譬如說備受爭議的所謂「文藝政策」；就文學類型來說，散文中的報導文學和議論性雜感散文，甚至於書信體、日記體、序跋體等都可稱之爲應用文學；在詩歌方面，歌詞必須有詩、樂結合的理念，另外關於詩歌朗誦、廣告詩等，也都可以納入應用文學的範疇。一年來，由於時間的關係，我僅談論了報導文學、歌詞和廣告詩。

開設這一門課的主要目的是，希望能在中文系裏提供個新的可能，幫中文系的學生開發一些觀念。過去沒有人開過，我只能將多年累積的經驗系統化，提供一個足資參考的架構，學生們必須積極主動介入各種應用現場，才可能獲得更多，不過，一般來說，學生的主動性都不夠，令人遺憾。

雖然距原來的理想尚遠，但這科目還是要繼續開下去，也有其他大學中文系表示很大的興趣，預料它將會陸續受到重視，不管怎樣，中文系的體質需要改造，而往應用面的開發，應是一條比較有效的途徑。另外，一個命名爲「文藝行政與文學社會學」的課，也將在明年度新辦的淡江大學中文研究所開設，將使「應用中文」更具有學術性和現實性。在教完一年「應用中文」之後，我有這樣的反省和期待。

《中華日報》副刊

關於「臺灣文學」這個科目

「臺灣文學」將以一個科目名稱首次出現在大學校園，我個人忝爲此一科目的教席，思前想後，認爲有必要將中文系教育的這種革命性突破，公諸社會大衆，提供討論，並希望引起各界對於臺灣文學的關心和重視。

事情的經過是這樣的：去年暑假過後，我應聘淡江中文系，龔主任鵬程兄希望我來一場師生學術研討會，剛好我爲聯合報光復節特刊寫了一篇〈臺灣文學的歷史考察〉，遂以此爲題做了一場報告，系裏特約施淑女教授講評。會中討論頗爲激烈，卻也有不少學生感到茫然，前者是因話題比較敏感，且存在歧異觀點；後者是因爲他們少有機會接觸所造成的。因此，當鵬程兄跟我商量在這學期開一門新課時，我就提出「臺灣文學」的構想，他非常贊成，徵求紀院長秋郎博士的意見時，亦獲得讚許和鼓勵，於是一個學期兩個學分的「臺灣文學」課就開定了。

由於「臺灣文學」在我們現階段所立足之地——臺灣，存在著相當複雜而且微妙的可能解釋，處境上有些尷尬，政治和文化上有關臺灣結和中國結的意識糾纏，同樣發生在「臺灣文學」的解釋上面，這種現象頗令一些關心文學的人士產生憂慮，認爲將會阻礙文學的發展，對文學會造成傷害，有人甚至以爲這會破壞團結。這些憂慮或許正表示另有一種不同於上述的觀點——一種可能會是比較具有折衷性、整合性的看法。

我不能在這裏陷入這個糾纏不清的文學迷團之中，身爲一個關心當代文學發展的研究者，我期望自己能保持清醒的思維，以文學的態度和方法來面對這麼一個在現實中相當棘手的文學實體。客觀地就這個名詞來說，「臺灣文學」結合了「臺灣」和「文學」兩個語詞，當然是「在臺灣這個地方的文學」。「臺灣」做爲一個地理名詞，指的是孤懸福建外海的一塊島嶼；在政治上是中國的一省，但這個問題很複雜，就它本身的歷史來說，不同的時間階段，有不同的政治歸屬，這裏面有它特定的歷史條件，也因此而形成複雜的發展系統，現在它是中華民國的所在地，是政治和文化上的復興基地。在這樣一個歷史複雜的地方會發展出什麼樣形態和內涵的文學呢？如所周知，文學以文字做爲表現媒介，記錄（反映）或評論（批判）特定時空中的自然和人文現象。明鄭時期，臺灣地區開始有從大陸遷移而來的漢人以漢語（中文）爲媒介的文學活動，歷經清代時期、日據時期、臺灣光復、政府遷臺以迄現代，由於文學的興廢繫乎時序，隨著社會的變遷，這個區域的文學形成傳統以後，不斷在流動變化，牽繫著整個臺灣人民的生活與命運，值得去研究，必須去研究。

時至今日，「臺灣文學」已經累積了相當豐富的文獻資料以及初步的研究成果，早就具備了成「學」的充分條件，我個人願意站在前賢奮力建立起來的基礎上，以自由和寬容的學術原則，將臺灣文學引入大學校園，和熱情的年輕學子共同研讀和試探，誠望各大學也能突破舊規，共同來關切這個和我們關係至爲密切的文學傳統。

七七、三、一三《聯合報》副刊

以傳播理念解析文學活動

文學組今年度新開設「新文藝選讀及習作」，我認爲是一項大突破。在他校，這個課程已有再以文類細分的傾向了，而華岡中文系由於有文學、文藝之分，故文學組的同學普遍上更沒有機會接觸所謂的「新文藝」，這不能說不是個遺憾。

初接下這個課程，總覺得是一項巨大的挑戰，由於個人多年來一直都在從事現代文學的評論，再加上實際執行文學媒體的編輯工作，我自身深入文學社會，一旦要在課堂上將文學經驗系統化、理論化，首先必須超拔出來，避免主觀的臆測與判斷，爲了拿一組可以和文學組學生文學觀念相抗衡的文學知識，我選擇了文學傳播的理念來解析現代的文學活動，基本上我認爲在資訊發達、傳播爆炸的時代裏，作者、作品和讀者三者之間的關係，其形態已迥異於傳統社會，所以文學理論上的許多命題都必須重新詮釋，這就是我爲什麼用一整個學期和同學們溝通文學傳播的原因。

根據一項非正式的調查，絕大部分受教的學生認爲這個課程非常「新鮮」，有其「必要」，在上個學期，他們認爲寫「報告」的過程讓他們獲益匪淺，他們要求「選讀」作品（這原來就是下學期的計畫），我發現他們普遍能做到「不薄今人愛古人」，貴古賤今的心理一旦掃除，文學的薪火相傳才成爲一種可能。

在開學時，每個學生都選擇一個文類，作爲他這個學期自我學習的對象，並在期末繳交規定中的「報告」和「創作」，後者主要是學習做一個「作者」，前者主要是學習做一個高級的「讀者」——批評者或研究者。

每一個同學必須在他選擇的文類中再選擇一位作家：㈠去閱讀他的所有作品，以書爲單位加以提要；㈡並且用最大的可能去蒐集所有評論該作家的文章，編製一份評論索引；㈢然後寫出一篇通論。一般來說，前二者做的都還好，通論部分能成一家之言的比較少。我在其中挑出五篇比較完整的交「華風文學」發表，由於提要與評論索引篇幅太長，所以只刊書目及通論。

七六、四

强化文學的創作和解讀

去年的《華風文學》（二十一期）企劃了一個「檢視當代新文藝作家」專輯，發表了林美惠、盧麗珠、王珍珍、陳保華、蔡月珠五位同學評論瘂弦、胡品清、琦君、蕭颯、王禎和的文章，可以視爲文學組初設「新文藝選讀及習作」的成果展示，其實在文學創作部分，「散文」、「詩篇」、「小說」各欄中都有「文學三」（七十五學年度）同學的「習作」。我以爲「新文藝」開課的初步目標已經達成。

今年二度上這門課，我完全放棄了去年的教案，改以專題講授的方式，在前後專題之間求其貫串，並且大量影印資料，提供學生詳實的文學發展脈絡；在「選讀」方面，特別著重在解讀方法的經驗傳授，取來做爲示例的都是精選過的。

我沒有再讓學生去追蹤特定作家，主要是去年學生在做這個報告時，去麻煩中央圖書館閱讀組張錦郎主任太多了，覺得有些愧疚，所以暫停此項教學計劃，因此也比較能夠強化創作和解讀。

上個學期同學們所繳交的作品，有詩、散文、小說、報導文學和文學評論，每人依興趣和特長各選擇一類，也有同學同時選擇兩類，大體來說，都很用心。就普遍的成績來說，評論稍弱，詩、散文、小說非常平均，「報導文學」出乎意料的好。最後我精選兩篇報導（謝東延〈淡水印象〉、高禎雯〈盲生劉于新的音樂世界〉）發表在《中華日報》副刊的「有情天地愛的系列」專欄中，另外選了詩與散文各一篇（黃志明的〈傳說〉、何廣蘭〈那個愛笑的傢伙〉），發表在《幼獅文藝》「文藝教室」欄中，我並撰短評附其後。

本期《華風文學》的編輯希望再為「新文藝」班上同學製作一個專輯，我於是另選詩、散文、小說、報導文學若干彙成一輯，文章能否發表的因素很多，並不是發表的就特別好，沒有發表的就不好，這一點大家應能明白。不過，我總希望，中文系的學生最好能夠以文字書寫來表達一己的情感和思想，既然上了「新文藝」，已經有了一個開始，希望能自我發展下去。

七七、四、二十

開口要能講，下筆要能寫

我常在想，中文系的學生除了對於傳統學術（文字、文學、文化）應有適當的認識之外，是否還必須具備有其他的才能，譬如說問題分析、企劃等，通常大家以爲這些都是商業方面的能力，其實不然，中文系學生更應有這樣的訓練，以便將來能夠適應日益複雜的文化現場工作。

更重要的是說和寫。我們都知道，語文、文字是人類最基本的表現媒介，在臺灣，中國語文應該是中文系教育的主要項目之一，我們過去也確實很注重其中的某些部分，但是著重點都偏向於古代某些語文現象的了解，缺乏應用面的教與學，在如今這麼一個社會變遷快速的時代裏，爲適應現實的需求，口說與書寫能力的培養實在太重要了。

不管口說或書寫，最基本的條件是才、是學、是識，內在的涵養如果不足，其表達內容之乾枯貧乏自不待言。而一般性的反應能力、組織能力也極其重要，這些道理至爲淺顯。

開口能講，而且講得內容充實、條理分明；下筆能寫，而且寫得文情並茂、流暢可讀。這就必須訓練了。先不管「說」的，純就書寫一事來說，精確、快速、流利、美觀的要求要能達成，實有賴細心、用心去閱讀、體會，並且要有計畫的自我學習。

「新文藝選讀及習作」這門課，並非一定要培養學生成爲專業的寫作者，或了不起的大作家，而是希望能夠開發感悟能力、加強謀篇修辭等文章寫作的技巧。當然，學習作品的解讀、透過作品去認識其中世界、吸收人生經驗，也是很重要的一件事。

第三年在華岡上這門課，每一年都有不同的教材和進度，學生的才質不一，用功因狀況有異，所得當然有所不同，不過，一個共同的現象是普遍缺乏主動、積極的學習熱情。

這裏刊出七十八學年度部分學生的習作，以供互相觀摩之用；同時展示學習成果，以供系上師生檢驗。

七八、四、一九

一定要不斷寫下去

文學組的「新文藝選讀及習作」上到第四年，學生人數稍減，這是否意味著這門課尚無法獲得多數的認可；抑或表示我的教學出了問題，引不起學生的興趣。當然，這是很難加以檢驗的事，也許有另外一些非課程因素，譬如說排課時間，或者其他。

不過，這一點也不影響我的教學，我仍然慷慨激昂地談論著新文學的特質與發展，仍然逐句逐段地解讀著作家精心書寫的作品，仍然讓學生自由發言，並且用心寫作。

今年的作品竟然有一半是詩，頗出乎我的意料之外，其次是小說，散文的量最少。詩中不乏佳作，於是從中挑選數首結成一輯，交《華風》以專欄方式發表。

這九篇作品大體可分三類，一類是描寫自然物色，胡梅霖的〈風〉正是；侯秀芳的〈寒冷的春天〉，主體已是情愛，委婉傳達出兩情間的潛在矛盾，所以已是寫情的一類了。愛情原就是年輕學子最關心的課題，歐素美的〈指引〉、涂麗卿的〈雪與火〉、衣惠霞的〈惜緣〉、朱伊芸的〈如果〉、陳春福的〈商科的女孩〉都是，前二首引喻含蓄，後三首較爲淺白直接，但情意的表達都頗爲流暢、貼切。至於第三類，則是把筆觸伸向客觀的社會現實，楊耀光的〈盤上彈珠〉表面詠物，其實暗指生命之存在；彭克華以〈悲情城市〉爲題，觸及現代化都市人本末倒置的悲哀，皆有深意在焉。

有的同學向來有寫作習慣，有的則是初次嘗試，無論如何一定要不斷寫下去。我一直相信，要把心裏的話比較「藝術地」寫出是需要訓練的，多讀、多思考，勤於動筆，是不難寫出好作品的。

七九、三、七

熱情與信心

做爲一門學科，「現代文學」在中文系裏頭的處境頗爲尷尬。過去，它被貴古賤今的中文學術傳統所影響，以致於無法被提昇到學術層面去研究；最近幾年的情況稍微好轉，卻仍無法擺脫「選讀及習作」的點綴地位。

然而，在學院的門牆之外呢？整個的文學景觀，可以說多變而熱鬧。我以爲中文系的教學有責任去對應這文學的當下現實，甚至成爲現代文學研究的重鎮。

這當然不是一件容易的事，過去也曾有人致力於這方面的推動，但力量都來自外面，於是我們似乎就可以有一種期待了，因爲在整個大時代的浪潮之下，體系內部隨時都可能產生變革。

這多少年來，我一直充滿著熱情與信心在從事有關現代文學的教學與研究的原因正是如此。在淡江夜中文，教這門課是第一年，爲了對抗學生在文學方面可能有的保守心態，我努力解析所謂的「現代」之特質，將中國新文學的源頭上溯晚清，繫聯中國文學傳統；對於臺灣當代的文學，也提供了一個歷史的發展脈絡。在解讀作品的時候，則希望學生學習實際批評。

在把「現代文學」當做一種知識體系在講授的同時，學生必須自己訓練寫作。中文系的學生如果不能靈活運用文字去敍事、抒情或論述，無論如何都是一件令人遺憾的事。這裏所選的三篇作品，是從上學期的作業中精挑細選出來的，頗有成果展示的味道，可惜篇幅有限，不能容納更多。

這三篇碰巧都是寫父親的作品，兩篇散文觸及探親，寫法有很大的不同，一以第一人稱「我」從旁觀立場寫父親，這「我」即作者；一以第三人稱「他」爲敍述者，「他」即作者的父親，就文類來說，頗近小說。兩篇都寫得感人肺腑，文字流暢可讚。另一首是分行分段自由新詩，把在做農事的父親形象永恒地嵌入天地之中，父子骨肉至情躍然紙上，令人感動。

讀吧！寫吧！親愛的同學，現代文學廣濶的天地，任你遨遊！

七九、三、二

從古典到現代

這個學年，夜中文的「現代文學」課改爲必修，移到大一。我以爲這是一項大膽的嘗試，相信會有良好的效果。我所持的理由是，中文系大一新生可以藉此培養出文學的興趣，同時打破中文系貴古賤今的習氣，進而比較正確的面對文學的傳統與現代等問題。

由於學生甫進大學，連最基本的「文學概論」都還沒上，所以這門課雖然是「現代文學」，卻也要用一點時間來古今對照，這也就是爲什麼我會要他們自己選擇古典素材來加以改編的緣故。

文學創作主要取材於生活，小說的虛構其實只是要呈現眞實的一種手段，而這「眞實」可以是一種「意義」或「理念」，一種普遍的人性或生命存在的一些道理。從這個角度來看，用自己生活之體驗重新去思索古代文獻中的一些人與事，運用想像加以改編成現代人可以閱讀的小說形式，未嘗不能表現出明確的人生之主題。

在課堂上，我曾舉《孟子》齊人章以及《搜神記》中韓憑夫妻的故事爲例，有不少學生即直接以此爲素材，但有更多的學生四處去搜尋，舉凡詩詞、古文、筆記小說等都有人取材，從這裏也可以看出學生閱讀古典的情況。這樣一次習作，整體的成效並不好，但對於肯用心去尋找素材（尋找即是不斷學習的過程），肯努力去組織字句經營篇章（可以眞正感受到文字的活動）的同學，幫助一定很大。

在這裏我從一百餘篇中選出四篇編成一輯，分別是：

歐修梅〈新婚之夜〉：取材自杜甫〈新婚別〉

何芝萍〈釵頭鳳〉；取材自陸游〈釵頭鳳〉

吳麗蓉〈申屠澄〉：取材自《太平廣記》卷四二九

王玲玉〈小媚〉：取材自宋人小說〈余媚娘〉

寫好或不好，請大家評鑑，並請一起來思索與創作有關的問題，尤其是從古典到現代的轉化。

八〇、三、一二

小說特質的掌握

小說「極短篇」在臺灣文壇上流行起來，大約是七十年代中期以後的事，主要是報紙副刊在編輯上的一種創意所引發的寫作風氣，最先是《聯合報》副刊的提倡，設立專欄，甚至於舉辦比賽，而且在理論層面，引進西洋小小說、日本掌上小說（袖珍小說）以及中國古代極短篇的實例及寫法，終於蔚然成爲當代小說中的主要類型，乃至於有出版社（爾雅）把它當做一個重要的出版路線。

這當然是一個無法抵擋的潮流，報紙副刊這樣一種文學傳媒受到版面特性的影響，在激烈的競爭情況下，朝向短小的方向發展，以滿足工商社會一般讀者的閱讀習慣和口味，毋寧是一件極正常的事，問題是「痲雀雖小、五臟俱全」，小說特質的掌握永遠是第一要義，同時因爲其篇幅短小，所以在寫法上特別著重含吐不露的效果，於是暗喻、象徵等詩之手法便派上用場，易言之，就整體來說，小說極短篇其實是非常詩化的。

初習小說者可以在這方面多花一些心力，這一次在新文藝課程中鼓勵同學習作，頗有一些成績，選出幾篇以饗讀者，盼能獲得回響。

八〇、三 臺北

詩的關切與反省

——關於「現代詩學研討會」

環顧今日詩壇，縱使詩人們的詩觀有異，表現方式各有不同，但是無可置疑，就整體來說，現代詩在臺灣已經形成一個相當堅實的新傳統，無論如何這都得歸功於許許多多前輩詩人的努力。

做爲一個現在猶是年輕的詩人或詩研究者，他們繼承了前輩詩人及詩評論者努力的成果，除了不斷創作以善盡詩人之責，不斷依一己的趣味以討論詩的表現之外，他們還必須對我們這個時代的詩，表示最大的關切與最寬廣最深刻的反省。

「現代詩學研討會」的召開，基本上就是從這樣的關切與反省出發的。我們提出「現代詩學」，主要的用意乃在現代詩的系統化。易言之，就是把現代詩的討論提昇至學術層面。我們認爲，新生一代在受過完整、嚴肅的學院訓練之後，應該已經有能力來嘗試這種公開的學術性討論了。

「現代詩學」以現代詩爲研究對象，它應包含歷史發展的整理、解釋與論斷，系統詩論的建立以及批評實務的貫徹，在個人詩集、詩選、詩刊早已大量出現之後，集羣力來從事較有計畫、較大規模的研究，原本就是刻不容緩之事。

此次研討會共發表四篇論文，羅青〈口語・方言・文言・白話——論白話爲新詩寫作媒介之理論基礎〉，所探討的乃是最根本的詩之語言的問題，作者羅列早期史料，振葉尋根，頗有廓清摧陷之效；陳啓佑（渡也）所提出的是〈新詩形式設計的美學基礎：倒裝篇〉，論文屬於系統詩論的建立（他已寫過「層遞」和「類疊」二篇），體大慮周，擲地有聲；向陽發表〈七十年代現代詩風潮試論〉，文長兩萬餘字，是一篇斷代的發展史論，上溯下推，舉證精詳；游喚則以〈物換星移〉爲題以論現代詩中的詠物，古今比照，創見頗多，可以說是一篇詩類研究。

由於籌備的時間不足，這一次的會議當然有許多不盡人意之處，但這是一個開始，我們都還年輕，有時間學習各種經驗，我們很誠懇地希望前輩詩人與學術界的批評指教。

七七、六、三《聯合報》副刊

層次的提昇
——關於第二屆「現代詩學研討會」

詩之有學，由來久矣。《尚書》中記載舜命夔典樂時曾說過「詩言志，歌永言，聲依永，律和聲」的話，後代說詩，如孔孟，如劉勰鍾嶸，如唐以後日漸興盛的論詩者，大體而言皆繼承了「詩言志」的詩學傳統。

詩而成學，即是「詩學」——以詩爲研究對象所建立的體系知識。孔子論詩，自成體系，是爲「孔子詩學」；六朝時代，詩之品賞、研究已具規模，可稱「六朝詩學」。現代人研究詩而以「詩學」名篇的很多，如楊鴻烈有《中國詩學大綱》，劉若愚、黃永武有《中國詩學》，王夢鷗有《初唐詩學著述考》，吳宏一有《清代詩學初探》，瘂弦和梅新曾主編一種綜攝古今的詩雜誌就叫做《詩學》。

本乎此，「現代詩學」即是以現代詩爲研究對象，企圖將現代詩系統化的學術工程，其研究範疇應包含現代詩歷史發展的整理、解釋與論斷，系統詩論的建立以及批評實務的貫徹等。

必須要說明的是，對於現代詩，我們有一個比較寬容的看法。基本上，我們視「現代」爲一個時間詞，指民國建立以後，在空間上則不僅指中國本土，亦包含中國本土以外的華文社會。至於詩，當然比較著重在以白話做爲表現媒介的現代新詩，不過也不排除同時間內傳統詩之探索。

把現代詩的討論提昇到嚴肅的學術層面，一直是我們多年來的願望。因爲是以學術爲手段，所以強調的是對象的選擇與方法的運作，重視資料的完整性與可靠性，論證推理的合理性和有效性，我們願意結合同道，滙聚現代詩研究的人力，站在前輩們所努力建立起來的基礎上，更加深加廣研究的層次與層面。因此而有「現代詩學研討會」的召開。

前年六月，首屆「現代詩學研討會」由《文訊》月刊與《商工日報》合辦，假「文苑」舉行，議程一天，發表羅青、渡也、向陽、游喚等四篇論文，分別由瘂弦、黃慶萱、林明德、吳宏一等四位先生擔任講評。當日由於適逢六三水災，影響出席率，不過與會者皆能熱烈參與討論，並期望能續辦下去。

今年八月十日，研討會將舉行第二屆，計發表鄭明娳、孟樊、林燿德、劉裘蒂、許悔之等五篇論文，將分別由余光中、白萩、張錯、瘂弦、蔡源煌等五位先生擔任講評。以下簡單介紹五篇論文及其作者。

鄭明娳研究古典小說卓然有成，在當代散文的評論方面亦獨樹一幟，最近她連續發表不少論述現代詩的長篇巨著，值得注意，她所提出的論文，主要是把現代詩擺入中國詩的大傳統中，從現代詩對古典素材的運用去看一個縱向繼承的問題；孟樊讀的是政治，對詩有相當程度的熱愛，是漢廣詩社同仁，常有現代詩的評論文章發表，此次他重新檢討現代詩的語言問題，有新的見解；林燿德是草根、四度空間同仁，法律系出身，頭腦清楚，分析能力特強，詩文皆佳，是現代詩評論界的後起之秀。他從檢討上屆研討會向陽所提論文〈七〇年代現代詩風潮試論〉出發，討論臺灣地區在八十年代前葉的現代詩之風潮，引證豐富，頗具規模；劉裘蒂今夏甫從臺大外文系畢業，即將赴美深造，去國之前寫就這篇余光中詩的專論，初試啼音，爲余學再添樂章；許悔之是地平線詩社的健將，目前還在臺北工專讀書，讀的是化工，詩風頗受前期洛夫的影響，初寫評論，即論起洛夫早期作品中很受爭議的〈石室之死亡〉，無異自我血緣的探討。

這個會議，可能會逐漸引起海內外中國現代文學的研究者更大的注意，我們將更加審慎籌備，積極執行，希望一次比一次更好，參與者愈來愈熱烈，同時我們也將思考如何而後可以更有效地發揮會議功能，以達到預期的作用。

七五、八、十《中央日報》副刊

商量舊學，涵養新知

——關於「中國文學批評研討會」

任何一個人，實在沒有理由面對自己民族豐富的文化遺產而感到自卑，或者漠視它的存在，轉而乞靈於異族文化，或者去追逐流行在國際知識市場的各種主義。而在我們這個時代，這竟是一種相當普遍的現象，令人感到困惑，以故我們實在不能不徹底來反省，我們究竟是意願的還是被迫的放棄在寬闊的文化領域上的傳統。

從鴉片戰爭引發中外在意識與行動上的衝突開始，中國的知識分子就有了初步的反省，傳統與西化的論爭便不斷展開，到今天已經歷百餘年的歷史，此其間縱使出現幾位大師級的人物，意圖滙通中外、融合古今，但結果只成就了個人在學術思想上的志業，形塑了高不可攀的文化偶像，而整個社會的大趨勢則是：洋化、商業化、資本化、庸俗化、功利化。這眞是巨變，連最基本的人倫結構也逐漸在解體之中。

做爲整體文化中重要環節的文學，無疑也在浪濤中載浮載沉，從晚清的白話文風潮，到五四階段的新文學運動，我們原本看到文學人正以他們的社會、文化情懷，努力想建立合乎中國社會的新文學傳統，然而只因著我們整個民族層出不窮的苦難，自尊心受損了，自信心也動搖了。如今回首省思，眞的不能不放開思路，想想民國肇建之後的漫長歲月，我們的文學已奮鬥出一種什麼的精神和面貌？相對應於過去整個中國文學的大傳統，文學人能俯仰無愧嗎？

文學批評是一種自主性的文學活動，它以文學及其關係事務爲對象，所做的工作主要是詮釋和評價，受到各種不同學科的觀念和方法的啓發和影響。三十多年，這個足以代表我們整體文學人力內部運作潛能的活動，又是一個什麼樣的光景呢？過去曾經有人這樣質疑：我們有文學批評嗎？這樣的問題問得令人心驚膽跳，而答案呢？誰來回答？又誰敢回答？

我們當然有文學批評，圖書館中不是陳列著那麼多的有關著作嗎？我私自在猜想，問話的人可能是著眼在「我們的」，什麼是「我們的」？誰又能說出一個所以然來？我想應該是指一種特質，或者精神吧？我的意思是說，在中國這麼一個特定的時（歷史）空（地理）條件之下，應該有屬於我們中國的文學批評，一種既不否決傳統，又能吸收外來養分，鎔意裁章之後可大可久的體系。

這必須植基於對於舊有的批評文獻不斷研究、不斷翻新重估上面，事實上有不少學者專家已經做了不少這方面的努力，而問題出在那往往是在一個封閉的系統中進行，和當代文學批評之間似乎絕緣，學者研究他的，和文藝界好像沒有什麼關係，這就需要一種可以溝通的方式以爲推動促進。

「中國文學批評研討會」的召開或許就帶著這樣的一種理想與期待，這個由國家文藝基金會策劃，中國古典文學研究會和師大共同主辦的文學批評研討會，選擇以中國文學批評的經典《文心雕龍》做爲討論中心，清理它的本身以及上承下啓的各種現象，以十七篇與《文心雕龍》有關的論文來探索中國文學批評的觀念和方法，以及所關涉的各種問題，將要與來自各大專院校的文學研究者及文藝界文學批評的人力，展開公開的對話和爭辯，我們期待他們眞正能做到「商量舊學，涵養新知」，從這裏出發，去發現中國文學批評的傳統與現代之間可以滙通之處，讓「我們的」眞正形成，而且是「體大而慮周」的。

七六、一二、一二《中國時報》副刊

論劍新加坡

一九八六年在德國舉辦的「現代中國文學的大同世界」會議（The Commonwealth of Modern Chinese Literature）餘波蕩漾，關於臺灣作家的定位問題，持續多時的討論，終究只是各持己見的一番言談罷了。當人們逐漸淡忘所爭論的主題之時，第二屆的會議又要召開了。這回從遙遠的歐洲回到亞洲，在新加坡舉行，仍然是「德意志聯邦共和國主催」，由新加坡的哥德學院和新加坡作家協會聯辦，時間是八月十五日到十九日。

這一次會議的主題訂爲「東南亞華文文學」，分成四部分：①東南亞華文文學的傳統，②東南亞華文文學的發展——外來影響、獨特發展及其變化，③東南亞華文文學的前途——多元種族社會中的華文文學，④德意志聯邦共和國對海外華文文學的研究與翻譯。除第四部分以報告方式外，前三部分共發表二十九篇論文，主講者分別來自中國大陸、臺灣、香港、馬來西亞、菲律賓及歐美等地，預料將會是一場盛會。

由於主題以東南亞華文文學爲限，並未包含海峽兩岸的文學之討論，不過由於臺灣和東南亞華文文學曾有過密切的交流，所以涉及到臺灣的論文也有好幾篇，分別是大陸學者湯淑敏的〈論陳若曦、瓊瑤、三毛與東方文化〉、德國學者馬漢茂的〈李昂作品（一九六七—一九八七）與東南亞華文文學作品的比較〉、韓國學者許世旭的〈臺灣詩歌給新華詩歌的影響〉、臺灣學者陳鵬翔的〈東南亞留臺作家與當代華文文學〉、馬來西亞作家林木海的〈亞洲華文作家協會在東南亞華文文學發展中所扮演的角色〉（亞洲華文作家協會總部在臺北，主要推動力量是臺灣作家），另外大陸（宋永毅）和臺灣（李瑞騰）各有學者討論王潤華的詩，香港黃維樑討論余光中，王、余二人和臺灣關係密切，余光中其實是在臺灣的中國詩人（余氏在港十年，也被視爲香港詩人）。這一些論文，頗多都從「比較」、「影響」的角度出發，可以視爲世界華文文學體系內的比較文學，非常值得開發。

應邀發表論文的臺灣學者有師大陳鵬翔（陳慧樺）、淡大李瑞騰，另外師大丁善雄（林綠）應邀擔任一場討論會的主席。

平心看這一次會議的整體規劃，可以說相當周詳，照顧的層面很廣，它不是文學霸權的爭取，而是各地區華文文學的交流與對話，雖然從嚴格的學術尺度去評衡，可能會出現一些非學術性的報導，或者缺乏學術規範的意見，但是也不能以拜拜等閒視之。

東南亞華文文學是世界華文文學體系中相當重要的一個範疇，過去除了少數能擺脫島嶼小格局的作家曾表示關切之外，國內幾乎沒有人從事這方面的研究，幾年前《亞洲華文作家雜誌》創刊（一九八四年三月），總算有了一個小小的起步，但由於經費和人力的問題，積極性和主動性都不夠，如今首要之務可能是各地文學資源之調查，以及各種有關資料之蒐輯。在「東南亞華文文學」會議舉行的前夕，我們應該有這樣的體認。

七七、八、一一《中華日報》副刊

當代中國文學的系統化與深度化

過去，當代中國文學一直被排斥在學院的研究體系之外，這不能不說是一種遺憾。也曾有人試圖爲這種現象提出解釋，或者以政治禁忌做爲理由；或者說當代的那些文學的關係人尚在，人情困擾太大；也有人說，當代文學尚在發展之中，很難定位；甚至於有人乾脆就說，那些作品都不值得研究。理由愈多，禁區愈難突破。

另外一方面，大學校園內部四處都孕育著新的文學生命，一羣又一羣蓄勢待發的文學青年，努力地創作，不斷地討論有關於文壇現象、文學思潮等問題，和研究體系的封閉、保守形成強烈的對比。

這種狀況持續多年的結果是，大部分有關當代文學的論述活動，縱使有學院的人參與，也大都在通俗和普及的社會要求之下，無法系統化和深度化。

一個根本的問題是，當代的文學到底值不值得被擺上學術枱面，這裏面當然也有見仁見智的意見，但毫無疑問的是，當下的文學環境和文學人的書寫表現在未來都將成爲歷史的一部分，其上承和下啓又自成歷史，它必然要被研究，正如同我們必然回過頭去研究《詩經》、樂府、唐代傳奇等各種古典文學一樣。我的問題是，它既然在未來要被研究，爲什麼我們現在不可以，或者不必研究？

一九八四年和一九八六年由《文訊》雜誌社召開的兩屆「現代詩學研討會」，其實就是上述理念的具體實踐。

學術會議有凝聚研究人力、論辯知識命題的功能，同時透過大傳媒介的報導，更可擴散影響，「現代詩學」被提升到學術層面，以有效的議事過程進行其研討，果然受到普遍的重視，但它是透過民間傳播媒體去運作，從嚴格的學術去衡量，它畢竟無法全然擺脫情緒性的對話，甚至於其後所召開的「抗戰文學研討會」（一九八七）、「當前大陸文學研討會」（一九八八），雖然是開風氣之先，有導引觀念、滙聚人力的明顯功效，但無論是會議規模，或是議事技術等，距離理想都尚有一段距離。

今年夏天，由新地文學基金會和清華大學中國語文系合辦的「當代中國文學國際學術會議」在新竹的清華大學舉行，終於爲大學校園的當代文學研究敲開了一扇門。關於這個會議，媒體頗多報導，與會者各有其意見，我因爲未能赴會，不敢置一詞，不過，此事關係至為重大，至少代表學院研究系統已向當代的中國文學開放了。

本月十九、二十日，淡江大學中文系將在行政院文化建設委員會的贊助之下舉辦另一學術會議：「當代中國文學：一九四九以後」，在總計七場的討論會中，共發表十六篇有關當代中國文學的學術論文，主講者分別來自臺大、師大、中興、中央、清大、淡江、南師院等各大專院校，講評者也幾全是大學課堂上的講席。可以這麼說，這是臺灣地區大學校園現代文學研究人力的大集合。

就論文的探討對象來看，詩、散文、小說分別各是五、三、四篇，另有四篇屬於總論性質，討論文學道路、作家定位、文學與宗教、文學與政治等方面的問題，以被研究的作家而言，臺灣、大陸、海外都有，涵蓋的面相當廣泛。

這個會議是在龔鵬程主持之下，動員淡江大學中文系所的師生來進行的，充分顯示出此間豐沛的學術動力。

七七、一一、一八《聯合報》副刊

重建文藝倫理、新傳文藝智慧

——關於文藝界重陽敬老聯誼活動

農曆九月九日，日月相應，而且都逢九，由於九是陽數，所以這一天便被稱爲重陽。是日登高避災，嘉會飲酒，乃緣於東漢桓景避災之說。民間習俗，自有其流動變化，因此而發生各種有關重陽的節令故事，當然都是佳節佳話，牽引我們去思索我們這個民族的內在性格。

天地之數，始一終九。所以這「九」便與「久」相通，原就有「老」之意了，再加上重陽本有長久和延年益壽的象徵意義，便也就發展出重陽敬老的社會性活動，充分反映出鄉里社會中長幼的倫理關係。

中國人向來敬老，古代典籍中提及的像「敬老慈幼」（《孟子》）、「敬老尊賢」（《說苑》）、「上敬老，則下益孝」（《孔子家語》）；落實在政策上，像周代天子就設有三老五更，而以父兄之禮養之的制度（《禮記・文王世子》），其目的當然是示天下萬民以孝弟，道理很簡單，「民知尊長敬老，而後乃能入孝弟；民入孝弟，出尊長養老，而後成敎；成敎而後國可安也」（《禮記・鄉飲酒義》）。敬老其實是孝親的擴大，正是所謂「老吾老以及人之老」（《孟子》），這樣的傳統，混融倫理、社會、政治等多方面的功能，自有其崇高的意義，應該受到肯定。

從社羣形成的角度來看，文藝人活動的空間自成社會，有其複雜的人際關係，長幼之間應亦有其倫理關係，無以名之，姑且稱之爲「文藝倫理」。

任何一個文明社會，文藝倫理必須受到相當程度的重視，有關文藝的智慧與經驗正是在這種情況下有效傳承的。年長的文藝前輩既已累積諸多的經驗，而知識又無非是經驗的系統化，將它加以統攝整合，應可整建新的文藝傳統，融裁出新的時代文體。

因此，我們有理由尊敬文藝前輩，縱使時代的進步和文藝的發展，已不一定能讓你完全同意他們的看法，但是你必須以最誠懇之心，尊重他們的文藝表現，了解他們的歷史處境，把他們的作品還原到那個處境中去重新定位。

今天是九九重陽，在行政院文化建設委員會的策劃之下，文藝界舉辦了一場敬老的聯誼活動，實際負責執行的是《文訊》雜誌，並有《中外文學》、《文藝月刊》、《明道文藝》、《幼獅文藝》、《聯合文學》等五家文藝性雜誌共同協辦。

「老」字頗難認定，《說文》上說「七十曰老」，《禮記》上也有同樣的說法，所以這一次的敬老聯誼活動便以七十高齡以上的文藝前輩爲對象。其實年長卽老，我們誠盼能透過這個饒富意義的活動，提醒文藝新生代尊長養老的重要，而後大家一起來重建文藝倫理，薪傳文藝智慧。

七七、十、一九《聯合報》副刊

紀念「五四」七十周年的暖身運動

——為「中國社會與文化學術研討會」而作

從鴉片戰爭以降，中國知識分子在不斷的覺醒運動中體驗個己與羣體間共辱共榮的依存關係，具體表現在洋務運動、維新變法、立憲和革命運動上面。在文化領域，改變整個中國人力結構的西藝教育與留學政策、調整知識品質的翻譯制度、突破觀念和從事資訊小衆傳播的新興媒體（報章雜誌）、向下層社會逐漸擴散的通俗語文等，皆可說是知識分子應變理念的實際工作，影響於文學發展至深且鉅。

這樣一個時代究竟會產生什麼樣的文學，無可置疑，危機意識必會成爲這個時代文學的共同主題，以近人所編的《中國近代禦外侮文學全集》來看，其中的寫作者面對諸如鴉片戰爭、中法戰爭、中日甲午戰爭、反美華工禁約以及庚子事變等重大歷史事件，皆毫不保留的抨擊列強的侵略野心、滿清政府的屈辱媚外，充分表現作家愛國之熱忱。

以鴉片戰爭來說，魏源的前後〈寰海〉（各十章）、前後〈秋興〉（各十章），張維屏著名的〈三元里〉、〈三將軍歌〉，朱琦的〈感事〉、〈老兵歎〉等，皆充滿憤怒的悲吟；以反美華工禁約來說，黃遵憲的長詩〈逐客篇〉、充滿華工血淚的小說〈苦社會〉等，皆「幾於有字皆淚，有淚皆血，令人不忍卒讀，而又不可不讀」（漱石生敍）。

這便是劉勰所說的「文變染乎世情，興廢繫乎時序」。而從文學本身的發展來看，自有其不得不然者，顧炎武所謂「詩體代變」，王國維和胡適所說的「一代有一代之文學」，即是指這種自然演變。

若果我們相信，文學史家所說的：清代文學是「三千年來各種舊文學、舊文體的總結，同時孕育二十世紀中國新文學的萌芽」（劉大杰語），那麼，晚清文學就眞正是「中國新舊文學交界的關口」（同上），這無疑也是危機——文學的危機，一個中國文學發展的關鍵時刻，一個轉捩點，新／舊在這裏如何交替；舊的文學思想、文學體式如何逐漸萎縮或隱退？而新的又如何逐漸萌生？它們相互之間存在著什麼樣的一種對抗和互動的關係？凡此皆是晚清文學研究的根本命題。

晚清研究，一般來說被視之爲中國近代史研究的課題，在這方面，中研院近史所做了不少紮實的工作，個別研究成果不說，重大的會議如「近世中國經世思想研討會」（一九八三），都把問題挖得既深且廣。在晚清文學的研究上，這幾年來突然蔚爲一股風氣，這與

《晚清小說大系》（一九八四）的出版應有關係，同年十二月政治大學舉辦「晚清小說討論會」，一九八六年康來新寫成《晚清小說理論研究》，今年林明德編成《晚清小說研究》，看樣子「晚清小說」將成顯學。

不過做為中國新文學運動的源頭，晚清重要的還是思想的啓蒙，所以新／舊文學思想的對抗關係應該詳加論析，並且理清其背後複雜的文化網絡，這也就是淡江大學於近日舉辦「晚清文學與文化變遷」的原因。

在爲期兩天的學術會議中將發表王聿均等十九篇論文，譚嗣同的《仁學》和嚴復的《闢韓》將被嚴肅論析，晚清中國社會、維新派與晚清文學、晚清的新文學思潮將被檢討，而詩、詞、曲、小說、民間文學和詩話等各方面的問題都有人試探。明年即是五四運動七十周年，在此之前臺灣學界有一次晚清的學術會議，可以算是紀念五四以前的暖身運動吧。

七七、一二、四《聯合報》副刊

春秋・・嘉南平原上文學的燈塔

副刊早已不是報屁股

做爲一個新聞傳播媒體，報紙中的「副刊」原是相對於新聞版面的所謂「正刊」而言。早期，它曾被學界以戲謔的語氣呼之爲「報屁股」，這麼一個不雅的稱謂表示了「副刊」所以爲「副」的根本原因。然而，隨著新聞學的日益精進，複雜化、多元化、系統化，副刊經由許多具有文學理想與社會良心的編輯人不斷去經營與革新，遂搖身一變，躍登爲思想與文學的重鎭，推動著整體文化的孳衍和前進。

就現階段來說，國內各日晚報投資在副刊上的人力和物力都很可觀，除了少數報紙，皆傾全力以經營副刊，而且彼此較量，在這種情況下，立足於嘉南平原上的《商工日報》，要想在羣雄並起的局面中，使副刊脫穎而出，成爲衆所注目的焦點，是必得要突破各種主客觀形勢上的困境，始能收到預期的效果。

春秋副刊的誕生

民國七十一年六月，《商工日報》改組重新出發，希望能在雲嘉南地區成爲一個客觀公正而且具有權威性的傳播媒體，在熊昭社長的銳意經營之下，報社的一切業務逐漸步入正常軌道運行，而且在穩定中逐漸成長。到了七十二年七月一日，終於突破了長期以來兩大張的小局面，增加了半張，因此才有二十全批的「春秋」副刊與讀者見面，到了三十周年社慶（七十二年八月二十九日）那天，眞正是三大張了。

我是在七十二年的六月決定應聘主編副刊，這對我來說可以說是一個巨大的挑戰，在此之前，我是一個大學講師，研究文學理論並且從事古今文學的實際批評，從此以後，我將以一個媒體與社會大衆見面。從書房、校園講臺走向編輯室，我所面臨的便是一個兩難的困境，究竟要把副刊塑造成一個什麼樣的形象，是純粹屬於地方的呢？抑或朝全國性發展？爲此，我們在臺北、嘉義分別舉辦了作家座談會，徵詢各方的意見，幾經綜合思考，捨棄了編輯上的二條路線之爭，以「開放性」和「包容性」爲原則，廣泛的發布消息，並積極展開約稿行動。

初期的艱苦奮鬥，如今追憶起來，眞是感慨萬千，由於稿件的缺乏，我曾在一日之內，從北到南打了上百通的約稿電話，每接一稿，輒興奮異常，眞想叩頭感謝來稿的作家朋友。那個時期，什麼理想也不談，能把版面塡滿已經心滿意足了。

經過了兩個月，我終於敢在副刊慶祝卅週年社慶的特輯中提出：

做爲一個傳播訊息的媒體，我們堅持

副刊應有其優良的文藝傳統。

副刊應有純淨素雅的版面與內容。

副刊應擔負提昇文化水平的責任。

副刊應以反應、批評的方式回饋社會。

我們做了些什麼？

一年多以來，在報社的全力支持下，副刊編輯同仁一直秉持上述的信念，很辛苦的耕耘著這一塊園地，看著它不斷茁長出挺拔的枝幹，繁茂的花葉，我們期待著收成的喜悅。

正當設計性的編輯方針成爲目前報章雜誌界重要的編輯理念，「春秋」卻大量接受外界自由投來的稿件，其中當然不乏成名作家的作品，也有許多初學寫作者的文章，當我們從來稿中發現該作者頗具才華，而且是年輕朋友，我們往往主動和他聯繫，爲他製作「文壇新秀」專輯，激勵他的創作潛能，以前我們曾這麼做過，今後更會積極去做。

當然，站在副刊編輯人的立場，設計是無可避免的。「春秋」在這方面相當有節制，直到目前爲止，設計理念的提出，除了「作家的故鄉」、「年輕出擊」之外，都以讀者的參與做爲考慮的基礎，譬如「工作與生活」、「家書抵萬金」、「人間特寫」，都是向外開放，竭誠歡迎讀者來參與。

另外，我們有時也配合新聞性，以副刊去參與社會的人文活動，譬如配合嘉義竹崎鄉的竹藝系列展所策劃的「中國竹特輯」；配合侯金水返鄉回饋展所推出的「侯金水特輯」；配合無名氏書法展所設計的「無名氏特輯」；配合中日藝術家聯誼展所製作的「中日藝術交流」特輯等，都成功的發揮傳播媒體的功能，引起廣泛的重視。

在編輯作業上，我們非常重視平衡的原則。第一是各種文類的平衡，詩、散文、雜文、小說、評論在量上都很平均。特別值得一提的是，一向被許多編輯視爲「票房毒藥」的詩，「春秋」付出了最大的關心，每個月定期在副刊推出的「春秋小集」詩刊，是「春秋」的特色之一；現今仍在進行的「新詩三六五」，是一種相當突破性的做法。凡此，對於新詩的推廣應有一定程度的助益。

其次是報導的平衡。去年舉辦的雲嘉南地區文學獎，我們刊出了落選者對於評審意見的辯駁文章，而且把他的落選作品刊出；今年，我們曾刊出一篇關於臺北廣慈博愛院兒童復健所內部的報導文學作品，影響很大，事後我們發表了該所所長親撰的解釋函件以及該文作者的再說明。

最後是版面的平衡，這是美學上所謂勻稱原理的要求，爲了讓讀者在一接觸副刊的時候能有良好的視覺效果，在版面的設計上，我們特別強調「多樣的變化」以及「變化中的統一」，雖然是一種平面設計，也希望在平面上能產生立體之感。「春秋」如今能備受好評與重視，版面的美化是很重要的一種原因。

「春秋」的未來走向

除了正常的編輯運作將更具彈性與活力，去年我們爲推動雲嘉南地區文風所創辦的文學獎，今年將繼續舉辦；今年所召開的「現代詩學研討會」，明年更要擴大舉行。這兩項活動可能會成爲今後「春秋」副刊在編輯室之外的年度工作重點。

另外，我們將視實際狀況，尋求更多突破的可能性，包括副刊版面與內容的更加動態化，經營上的雜誌化以求在經濟上走向自給自足，而更重要的，爲了加強加大傳播功能，報社本身有必要設法成立文化出版部門，和副刊以及兒童版、生活版密切配合，整體運作。

總的說，「春秋」已沉穩地踏出堪稱成功的第一步，我們有信心繼續走下去，爲提昇文化、回饋社會，我們將以更寬廣的胸懷去貫徹我們的編輯信心，讓「春秋」成爲嘉南平原上文學的燈塔。

七二、八、二九《商工日報》社慶特刊

文訊的信念

《文訊》是中央文工會所屬的一份文學刊物，以「文藝資料研究及服務中心」的名義對外發行，創刊於民國七十二年七月，原是月刊，頁數不定，創刊號只一一八頁，七、八期合刊是五三四頁，第九期是四二八頁，第十期又縮小至一六四頁，從這裏可以看出《文訊》早期的不穩定性。出完第十二期以後改爲雙月刊（七十三年六月），頁數都維持在三百至四百之間，可以看出它的發展已相當穩定。

從第十五期開始（七十三年十二月），該刊總編輯孫起明先生改任顧問，李瑞騰接掌編務。第十六期（七十四年二月）改版，封面由單色改爲彩色，封面人物由照片改爲畫像，內文印刷由活版而改爲平版，美工的強化更是明顯，到這個月已經出版到第廿四期。

《文訊》的創刊被認爲是繼承《書評書目》（洪建全教育文化基金會發行，六十一年九月至七十年九月，出滿百期）精神的一份刊物，實則比《文訊》稍晚二月問世的《新書月刊》，在性質上更接近《書評書目》。

《新書月刊》在維持整整兩年之後，已於七十四年九月宣告停刊，文化界人士同聲一嘆。而《文訊》似乎愈戰愈勇，而且頗有戰績。此際，它可以說是自由中國唯一傾全力從事文學評論和文學史料的大型雜誌。

《文訊》創刊的宗旨見之於創刊號「編者的話」中：

> 這將是一份服務性重於一切的刊物。我們希望它能夠在文藝界與社會大衆之間，搭起一座溝通的橋樑，爲推動文化建設的文藝界朋友，包括作家和讀者，盡一份棉薄。而這個希望，我們將透過有關文藝的評論與報導來實現它。
>
> 評論的部分，我們將試圖從整個文化層面來着眼，透過實際問題的探討、作品的評介，來建立屬於我們中國現代的文學理論。特別是作家們焚膏繼晷，苦心經營的成果，倘能給予客觀公正的評價，不僅可以產生激濁揚清的作用，更能引起讀者們普遍的關切和興趣。
>
> 其次，本刊將對國內的文藝活動作廣泛的報導，範圍包括：藝文動態、作家訪問、出版消息、團體活動，並旁及世界各國文藝現況的介紹等。我們的信念是，對於前輩以及活躍於當今文壇的作家們的貢獻與動向，隨時表示敬意並予關懷，是我們社會應該盡到的責任之一。

非常清楚，《文訊》一開始是想在文藝的評論和報導兩方面去努力，但我們知道，這樣一個背景的媒體，和它的訴求對象之間有更大互動的可能，這也是促成它發展的變因，於是在七、八兩期合刊的編輯室報告中，我們首次看到《文訊》提出「有關文藝史料的整理」，當期卽是「抗戰文學口述歷史專輯」，包含三十二篇，總頁數是四七三，初步展現《文訊》在動員文學人力上的規模，以及在文學史料工作上的有利條件；接著的第九期以「文學的再出發」爲題，以三九〇頁的篇幅去處理民國三十八到四十九年的新文學，整個來說是斷代的文學史論；到了第十一期，《文訊》策劃了「現代文學史料整理之探討」專題，集合國內從事現代文學史料工作的專家學者，共同探討此一問題，就「文訊」來說，無疑是爲編輯策略尋找堅強的理論根據，同時也希望文藝界共同來爲現代文學歷史而奠基。

上面說過，《文訊》從十六期改版，新的編輯陣容，理應有新的作爲，該期的「編輯室報告」這麼說：

爲了擴大我們對於全國作家以及讀者的服務，從本期開始，《文訊》在內容和編排上都做了適度的調整，至於成績如何，我們期待您來評審。

關心《文訊》的朋友應該可以發現，在過去的十六期中，《文訊》在策劃、編輯上是如何的盡心盡力，每一個專題，每一種史料，每一篇報導或評論，我們皆以誠懇、忠實的態度去做，而在做法上則盡量求其客觀、深入。我們總覺得，這一代的中國人，尤其是從事文藝工作的人，對於歷史、對於文化，必須擔負起許多責任，不斷勇敢且眞實的回顧過去，檢討現況，對未來做一些前瞻性的思考。

過去，《文訊》在整體規劃上相當重視史料的整理，事實上也做出了一些成績，頗受到學界的稱揚；而大部分的人也視此爲《文訊》的特色。實則，《文訊》具有許多發展的可能性，在這個新的年度開始，除了繼續從事史料工作，我們願意試探一種新的可能（對《文訊而言》）：強化評論、專題企劃落實在已然的問題上面。

在強化評論方面，無論是作家與作品，或是文學活動以及其他的文學現象，都將成爲我們關切的對象，除了接受各界自由投稿之外，我們也將積極設計題目，請專家來執筆。

在專題企劃上，比起過去，題目縮小，篇幅自然也就減少了，擇取題目時，我們特別注意它的重要性及可爭議性……

另外，在第十九期的編輯室報告中，編者的一段話應該很能說明《文訊》做爲一個文學傳播媒體的特性：《文訊》有向歷史負責的勇氣，有向作家服務的熱忱。基本上，這不是一個營利的刊物，它的非市場取向，使我們在規劃設計的時候，能夠完全站在文學的立場，採取學術的方法，統攝過去的文學現象與成就；對於現階段，則希望做到反映、批評，並且盡可能的加以記錄。」

綜觀已出版的《文訊》，可以發現這一份雜誌至少有兩個明顯的特性：第一，它企圖以一種歷史的眼光，運用學術的方法去綜攝過去中國人的文學表現，對象不只擺在臺灣的中國新文學，而且包括中國大陸以及海外華人地區，前者譬如第六期曾策劃「大陸傷痕文學專輯」，後者譬如曾大規模的推出「香港文學特輯」（廿期）、「菲律賓華文文學特輯」（廿四期），皆能靈活而有效的運用人力，以一個知識的大架構去彙整散佈於各處的材料；第二，它以寬容而客觀的態度去面對複雜紛陳的文學現實，譬如它對於戲劇、現代詩、當代散文、電影與文學、傳統詩社、報紙副刊、文學選集等問題的探討，皆能做到不偏和無私，探源溯流之餘，亦提供了很多發展的可能性。

《文訊》還在發展之中，本文只是一個編輯人初步的自我省察，原就希望引起注意和討論，至於評價，則有待於方家了。

七五、六、三〇《台灣時報》副刊

中流砥柱

——《史紫忱先生七秩華誕紀念文集》編後

1

為史師紫忱籌編一本紀念文集，是我多年來的心願；但一直都沒有積極進行，因爲我知道，以他老人家的性情，很可能會婉拒我這麼做。

去年春天，我向史老師的好友柏楊先生提及此事，柏老緊緊握住我的雙手，含淚不語，良久，才說：「太好了！太好了！」並且願意分擔一部分的印刷費。柏老有真性情，我自是能夠體會他情感何以如此激動，因此更堅定我着手去做這件事的信念。

整個策劃的過程，我都默默地進行，構想完全成熟以後，把邀稿函寄出一部分，很快就得到熱烈的回響，這當然是預料中的事，因爲史老師的爲人，值得與他有交往的人爲他去做這樣一件有意義而且值得紀念的事。

至此，我才向史媽媽秉告，她起先不同意，後來知道一切大體就緒，就不再反對，反而多方協助。史老師知道得最晚，當我把「年表初稿」、「書目提要」呈送給他看時，他一再表示，不必如此，緣由是我的堅持，史媽媽亦從旁幫著說。等他一答應，我遂請求他細讀我從他的著述中一點一滴抽出資料串成的「年表」，對於年表，他很感興趣，因爲有太多事，他都忘了時間，查尋亦難，如此既有一個基形，自然較易於追憶，於是他花了一整天的時間從頭增補一遍，乃成今貌。我希望史老師的故舊，有知表中所無之事者，能提供出來，日後可以再增訂，讓他更完整。

2

「年表」與「書目提要」是此紀念文集的附錄，本文部分類分爲四輯。輯一以「中流砥柱」爲名，選錄史老師重要文章十二篇，文不在長，以能代表他個人平生、事功、文學與書學的資料爲主，取捨之間，頗爲困難，也許無法周延，好在史老師著述皆在，不難覆驗。

輯二「魚躍于淵」，選錄評論史老師文學、藝術的重要文章，以書學所佔的比率最重，文學次之，可以看出史老師的文藝精神與面貌，最後殿以一篇能夠直指其生命本質的短文，可視爲此輯之結論。

輯三「英雄何處」，是約來的稿件，執筆撰文者皆史公摯友，有結交半世紀以上的故舊，有來臺以後相復往來一起從事文化工作的好友，從其中可以看出史老師的爲人，以及他在朋友眼中的形象與地位。

輯四「如沐春風」，也是約來的稿件，可視爲史老師在華岡教學的縮影，執筆者皆得意門生，他們娓娓道來，文不假飾，親切感人，呈現出史老師爲人的另一面。

3

本書以「中流砥柱」爲名，蓋取自史老師詩句「中流砥柱是我家」，他另有〈中流砥柱〉一文以寫故鄉地理，文中有「我出生在砥柱之畔」，「砥柱位於今日河南省陝縣茅津渡以東二十五里的黃河中流，地理上稱之爲三門峽」，「圍繞砥柱石的風光，使我平生不再愛任何山水」語。立於黃河中流的砥柱石，睥睨湍急的流水，因被取來譬喻獨立不撓，能擔大任的英雄豪傑，所以書名亦可指史老師個體生命的特質，識者應能認同我這種說法。

本書得以如期在史老師七十大壽前夕出版，特別要感激四季出版社負責人葉聖康先生的鼎力襄助；提供意見，出錢出力的長輩、朋友，當然更是此書的功臣；撰稿的先生積極共襄盛舉，情誼可感，不能不謝；畫家許坤成先生連夜趕繪史老師畫像，學弟林柏維君在繁忙的課業與編務中爲本書設計封面、編排彩色插頁，亦一併於此致謝。

必須要聲明的是，與史老師相知相交者衆，受業弟子遍佈海內外，編者所識有限，閉門造車，自不能多方兼顧，尚祈諒詧。

謹用此紀念文集以爲史老師七秩華誕之嵩壽。

《台灣時報》

還原文學歷史的真相

——序《抗戰文學概說》

1

民國肇建以來的新文學史上，「抗戰文學」做爲一個特定時間階段（抗日戰爭時期，民國二十六年至三十四年）的文學之稱謂，是與整個國族存亡的命運牽繫在一起的，其所涵蓋的空間雖廣，但由於歷史紐帶的轉動，空間的分散早由一些觀察思考者給區域化了。所以，文學外緣的時空因素對於「抗戰文學」的影響之大，遠遠超過任何一個階段的文學。

在一些可見的中國新文學史的著述中，「抗戰文學」往往被專列一章敍述，這當然是正確的。在一般的了解裏，從民初到政府遷臺的新文學，常是以二十年代（一九二〇—一九二九）、三十年代（一九三〇—一九三九）、四十年代（一九四〇—一九四九）區分的，把抗戰擺進去，則所謂「抗戰文學」，是從三十年代後期跨越到四十年代中期。不少文學史家認爲，中國新文學發展到抗日爆發的前夕，無論是內容或形式，皆已相當成熟。果如是，那麼八年抗戰對於中國新文學的發展所造成的實質上影響，究竟是一個什麼樣的情況？這個問題牽涉到「抗戰文學」的風格樣貌和內在品質，是必須從歷史的大架構中去抽絲剝繭，始能讓文學主體清晰浮現出來，而且必須取足可做爲代表的作家及作品，擘肌分理，以突顯其扣合時代的各項因素。除此之外，我們是否可能超越那個時代的政治意識之抗爭，以還原文學歷史的眞相？或許我們該自我期待，不論只是眞之探求，或者是以史爲鏡，都應該從根本的學術立場出發，以不違抗此時此地的集體意識爲依歸。

從新文學史的發展脈絡來看，抗戰文學無疑具有關鍵地位。隨著戰局的演變，文學人力向四方擴散，突破原來以北平和上海爲中心的小格局，這種文學空間的結構性變化，使得新文學有更大的活動空間和羣衆基礎，其在各地播下的文學種籽，如若有肥沃的文學土壤，終必會發芽、茁壯的。

然而，從另外一個角度來看，戰時的特殊性導致文學走向徹底的實用性，爲達到立即的宣傳效果，情緒化的宣洩、煽動性的叫囂，實難保文學之品質，以至於出現大量粗糙的濫情之作，於今重讀，我們必須體會此乃時代所造成的必然性，庶幾不致誤用評判尺度，引出不合情理的評價。

由於戰亂，資料不易保存，再加上戰後短短四年之間，中共赤化整個大陸，政府遷臺。中國人遭此大刼，文學當然也難逃厄運，以致今日回頭檢視抗戰文學史料時，眞可以說滿目瘡痍，資料極其殘缺不說，如何尋找一個契合當今現實的詮釋觀點，亦頗費思量。因此有關抗戰文學的研究之缺乏，不待引述卽可自明了。

抗戰爆發迄今，已歷半個世紀，當年的參與者中最年輕的也已六、七十幾歲了，我們常在他們的追憶中感受到那種高亢的國仇家恨之情緒，然而，記憶與夢魘終究要成爲過去的，眞正寫入歷史的必須是冷靜、客觀而不失爲中國人立場的，我們編輯這一部《抗戰文學概說》，便有這樣的期待。

2

爲了配合動態的「抗戰文學研討會」，在靜態方面，我們決定出版三册「抗戰文學資料叢書」，第一、三本是以《文訊》七、八期合刊「抗戰文學口述歷史專輯」重新訂正、增補而成，改題爲《抗戰時期文學史料》（秦賢次編著）、《抗戰時期文學回憶錄》（蘇雪林等著），另外，我們從各種書報雜誌中蒐集有關抗戰文學的專文彙編成册，題爲《抗戰文學概說》，做爲此套叢書的第二本。

從資料顯示，「抗戰文學」一般性的討論，特別集中在民國六十八年七七前後，不少媒體且有大規模的企劃：訪談、座談或筆談，普遍表現出激昂的呼喚，希望大家重視抗戰文學的整理、研究與再創作，發言者大部分是參與過抗戰的前輩作家。如今重新閱讀，我們深覺遺憾，八年之間的成績竟然如此乏善可陳，我們將這些散見各報章雜誌的篇章選擇性收入此書下篇，其中的意見在今日皆仍頗具參考價值，我們期待大家再度重視。除此之外，亦選錄幾篇關於抗戰的「文選」、「專號」和「研討會」之文獻，讓讀者知道，過去曾有人做過什麼樣的努力，而我們是否該站在前人的基礎上，在審愼檢討之後，有一個更堅實、渾厚的再出發。

直到目前爲止，國內研究抗戰文學的專著不多，劉心皇先生的《抗戰時期淪陷區文學史》、《抗戰時期淪陷區地下文學》，規模頗大；另有尹雪曼先生的《抗戰時期的現代小說》、舒蘭先生的《抗戰時期的新詩作家和作品》，皆有參考價值。這些作品都重視資料的鋪排和現象的描述，比較缺乏分析性，其他各種文學史上關於抗戰文學的單篇亦然。不過，整體而觀，是不難看出抗戰文學的全貌。

在本書的上篇，我們選錄數篇有關抗戰文學史的論述文章，其中王平陵先生的〈七年來的抗戰文學〉、陳紀瀅先生的〈抗戰以前及抗戰時期的中國文藝發展概要〉、紀剛先生的

〈抗戰時期的東北文壇〉三篇屬回憶性質的記敍文章，多少有見證的味道；王聿均先生的〈抗戰時期文學之演變〉、劉心皇先生的〈抗戰時期南方、華北僞組織的文學活動〉、葉石濤先生的〈戰爭期的臺灣新文學〉三篇皆具學術論文的架構，引證分析、章節腳註都很完整。至於王壽南先生的〈抗戰時期的文化活動〉，由於提供了一個大的文化背景，故以冠書首，期能擴大我們的視野。

以「概說」爲名的書，一般來說都是通論性質的導讀專著，本書取以爲名，誠如本書封底的簡介中所說，是「採取彙編的方式概說抗戰文學」，統觀各篇，它大抵能夠「總括其旨意而論其大要」。出版此書，旨在拋磚引玉，期望一部眞正具導讀功能的「抗戰文學概說」，甚至於一部體大慮周的「抗戰文學史」，能夠早日出現。

七六、七、六《台灣時報》副刊

小字報大震撼

二十世紀，傳播科技革命性的發展，改變了人世間的各種結構關係，也根本移轉了人的思考路向和內容。我們無可避免的進入一個嶄新的視訊時代，享受著第二代新媒介帶給我們生活上的許多便利。

然而，在即將奔向二十一世紀的此際，我們卻也必須在電視衞星畫面上看到，大陸上爭自由民主的學生，在天安門廣場、在長安大街，被坦克輾碎、被機槍掃射。那種血淋淋的鏡頭，對身在自由中國臺灣的人來說，無疑是一場夢魘。

我們是何等的悲憤！悲哀的是同胞的生命賤如螻蟻，憤怒的是獨裁統治者毫無人性的血腥屠殺。我們只能說該說的話，做我們能做的事，希望能爲大陸民運提供長期的支援。在這時刻，我們看到了這一次天安門運動的大批傳單，劣質的紙張、粗糙的印刷，全無工商社會所謂的「包裝」。但是，那一張一張的傳單上，一字一句辛苦刻鏤上去的，是熱情的年輕學生和知識分子的血淚；而那血那淚，早已化成一顆一顆子彈，射向中共政權的心臟。

這些地下小報，從撰稿、抄錄或打字、油印的全部過程，和學運民運同步進展。這裏面大部分是傳單，也有略具刊物形態的《民主論壇》(北師大)、《人民之聲》(首都各界聯合會)、《飢餓報》(北京外國語學院)。和「大字報」的定點傳播不太一樣，它們可以透過有效的人力傳輸廣爲散發，在中共嚴密操控大傳媒體的困境下，在相當程度內突破了新聞封鎖，發揮了良好的傳播效果，這可能是整個運動能迅速擴大的主因。

在中共殘酷鎮壓以及大肆搜捕參與運動的人士之後，這一場震驚全球的民主運動表面上被壓制了。但是，民主的種籽既已普遍散播，遲早是要開花結果的；而且，在運動過程中，中共賴以支撐其體制的根本理論，已遭到知識界嚴厲的質疑和挑戰，距離土崩瓦解之日，相信已經不遠了。

《文訊》雜誌將獲得匪易的百餘篇原始文件彙編成册，命名《哭喊自由》，爲這場運動留下了最眞實珍貴的證言。從另一個角度來看，本書可以說集大陸新一代菁英的大智大勇，他們用飢餓和血淚，甚至於生命，去思索中國苦難的根源，尋找中國未來的出路，他們有所突破，也有所侷限，支持者及後繼者如何從其中體察深思，而有所超越，這可能是出版本書

最富深意之處了。（本文寫於《文訊》雜誌出版《哭喊自由》之前）

七八、七、二一《中華日報》副刊

戰後出生第二代女性小說家

——《年輕出擊》序

從第廿五期（七十五年八月）開始，《文訊》即設有「年輕出擊」專欄，選擇表現傑出的文藝工作者加以報導。所謂「表現傑出」指的是致力於文藝工作，而近期曾發表值得注意的作品，或是在某文藝競賽中獲獎者。我們實際的作法是請對這一位文藝工作者有所認識的朋友，針對人與作品加以敍述並分析。

到六十三期（八十年一月）爲止，這個專欄一共介紹了四十九位，其中大部分是屬文學類，當然這和我們平常關切的範疇有關。我們曾力求突破，希望在音樂、美術等藝術範疇尋找對象，但由於資訊管道有限，成效始終不佳。

在所介紹的年輕作家，依文類分佈，詩人八位，散文家五位，小說家廿八位。小說一枝獨秀，備受寵愛，這本來就是整個廿世紀的一般情況，原不足驚奇，但女性作家在量上的優勢（在廿八位小說作者中女性十七位），實值得我們深思。

下面幾個統計數字應有參考價值：

一、《全唐詩》收了兩千兩百多位詩人的作品，女性詩人不足兩百位，知名的只魚玄機等少數幾人而已。

二、宋代的女詞人，名姓約略可知的約一百三十人，生平事蹟可得而說的，只不過李淸照、朱淑貞等數人而已。

三、民國三十八年以前的大陸文壇，以寫詩人來說，港大、中大合編的《現代中國詩選》（一九一七—一九四九）計收一〇九家，確定是女詩人的只有冰心等三位。

四、光復前的臺灣文學界，以遠景版的《光復前臺灣文學全集》（十二册）來看，除了楊逵夫人葉陶女士、蔡德音夫人月珠女士偶有詩作以外，其餘皆男性作家。

五、民國七十三年中央圖書館等單位舉辦「當代女作家作品展」，從書目中可以發現，當代臺灣及海外自由地區有單行本出版的女作家截至七十二年底有二九四人。文建會於同年出版的《中華民國作家作品目錄》計收作家六二三人，其中女性有一七九人，約佔了百分之三十弱。另外，隨手抽查略帶有批評意味的兩本「作家資料書」，一本是民國五十七年梅遜編的《作家羣像》，在所介紹的三十六位作家中，女性有十四位，約佔百分之四十；一本是民國七十四年隱地編的《作家與書的故事》，在三十五位作家中，女性十五位，約佔百分之

四十三。（以上詳拙文〈女性文學的多元化〉）

六、希代版「新世代小說大系」中，民國四十五年以後出生的五十五位小說作家中，女性有三十二位，約佔百分之五十八。

女性作家在量上的擴增，尤其是新生代，到了八十年代已足以與男性作家分庭抗禮，同時她們的作品在書籍市場上暢銷，無形中左右了大部分文學閱讀人口的品味，頗有導引文風的可能性；從另外一個角度來看，女性的社會參與日漸繁多，文學的題材和主題表現已經多元化，讓人不得不重視。

如果以十年爲一代，那麼民國四十五年以後出生的女性小說作家就是戰後出生的第二代，她們崛起於八十年代，在各種文藝營及重要文學獎中獲得重視，成爲文學書籍市場上的主力，實在值得觀察。

從「年輕出擊」輯出的十七位女性作家，最年長的蔡秀女（四十五年生），最年輕的是鄒敦玲（五十六年生），我們將她們區分成三輯：「陽光心事」、「人間有花香」、「深情與孤意」，並附錄一篇她們的作品，讀者應更能掌握她們的小說特質。

感謝分別爲她們撰寫報導文章的朋友，感謝所有被報導者同意我們附錄她們的大作；《文訊》編輯同仁不辭辛勞的工作，更是讓我感佩。

時而厭煩，時而雀躍

——主編《中華現代文學大系・評論卷》的感想

做爲《評論卷》的主編，我是在《大系》整個編輯羣的共同理念之下，思考並執行有關評論的編輯作業，同時必須和另兩位編輯，透過會議的民主程序，一起確定評論文章的質和量。因之，這個評論選集如有可取之處，是有關衆人努力的結果；倘若它有所缺舛，我個人則難辭其咎，畢竟我仍是一個主編者。

去年三月，九歌出版社的發行人蔡文甫先生告訴我，他已徵得余光中先生的同意，出面擔任《中華現代文學大系》的總召集人。他還提到編輯《大系》的構想，主要是民國七十五年，我們在舊金山鄭繼宗先生家中談起來的，所以希望我能參加大系的編輯工作。

我對於《大系》有自己的一些意見；對編輯工作，也有一些想法，我覺得在中國新文學上，既然有一個大系傳統，我們在編輯這套書時，對於過去大系的發展就必須有一些認識，我曾爲此寫過一篇「話說『大系』」文中提到過去編輯人的企圖心都很大，「希望藉著這樣的選集呈現一個時間階段的文學脈動」。《中華現代文學大系》的時間標定在一九七〇—一九八九，當然希望能夠呈現這二十年間，現代文學在臺灣的實際狀況。

當進入實際的編輯工作時，卻是十分的辛苦，我們都知道，臺灣的傳播媒體十分發達，有關文學評論的文章實在很多，結集成書或編成選集也不在少數。在這種情況下如何在短期時間將所有的作品集中在一起，詳加閱讀，再選出值得編入《大系》的文章，實在是一件繁雜的工作。我首先透過各種評論索引及評論書目，加以過濾，再請幫忙的幾位研究生到各圖書館調輯資料，然後交由編輯會議討論。

在長達一年的編輯過程中，有時覺得非常厭煩，因爲必須詳細去閱讀一些自己無法認同的文章；有時候又覺得很高興，因爲可以透過評論文章瞭解作家內心的世界，同時還可多閱讀有關作品。現在回頭去看，這些過程好像已經不那麼重要，因爲整套書已經編好，而且要出版了。

過去很多人常說，臺灣在文學批評和研究的成績上不盡人意，此次的編輯過程讓我體會到：臺灣文學評論的人力不虞匱乏，臺灣文學的資源非常豐富。事實上，臺灣是有相當良好的文學評論文章和專著，以及刊載、出版評論的媒體和出版社，這些似乎經常被人忽略。有些人並沒有大量閱讀或做過彙整的工作，就隨意批評，對於長期從事文學評論工作的人來說，是非常不公平的。所以我願意藉此提出自己的看法，同時我還認為類似大系這種彙編工作，應有不同的機構和人力來從事編輯，畢竟大系的《評論卷》只能選擇一部分適合編輯體例的文章，未能入選的，仍然很多。

蔡文甫先生經營「九歌」成就非凡，他願意斥巨資出版這樣一套大系，實在令人敬佩，我常為此而感動。能和諸位先進一起共襄盛舉，更覺是一項光榮。

七八、六、一〇《九歌》雜誌一〇〇期

《詩詞坊》臺灣版序

在中國文學這個大傳統中，詩文分途發展，而在流向中卻交相滲透，互補互化。以「文」來說，它來自人們的日常談話，文獻起源則是史家的記言記事，所以《尚書》、《春秋》等歷史敍述，乃至於其後諸子面對家國社會和人性所衍生的哲理評論等等都是。然後或駢或散，或小說或戲劇，浩瀚如奔向海洋的河。

而詩呢？「在心爲志，發言爲詩」的古老義界早已告訴我們，人心的憂樂萬感，點點滴滴都化成一字一句，終於凝聚而成扣人心弦的詩篇了。十五國風便是這樣吹起來的，然後屈原的憂愁牢騷，以後的樂府、古近體、詞、曲等，繁富多姿的詩之體式，鏗鏗鏘鏘，如大江東去，唱盡人類的歷史興衰、悲歡離合……。

中國的詩歌文學傳統，實在太豐富了。這是一個永遠挖掘不盡的寶藏，琳瑯滿目，衆體悉備。但在今天，它們全部都成了「古典」，《詩經》、《樂府詩集》、《全漢三國晉南北朝詩》、《全唐詩》、《全宋詞》、《全元散曲》、《陶淵明集》、《杜詩》、《白氏長慶集》等等，不管是善本線裝古書，或是新式標點的重排本，恐非一般人可以閱讀；箋註評點、研究論述，也都是學者的玩藝，和一般人距離甚遠。所以古典的現代化便非常重要了。

所謂古典現代化，在這裏是指古典詩用現代人的體會重新去詮釋，而用現代一般性的語言來敍述。做這種工作的人一定要是詩學專家，而且要有現代新的感性，文筆更要流暢，目的是讓無法閱讀原典的人，也能體悟千古詩心，在詩的世界暢遊一番。

這是我們現代面對古典詩所能選擇的最好的一種方式。傳統原來就不是一成不變的死東西，它是活的、流動的、不斷消長變化的，每一個時代都有責任去詮釋傳統，而創造出屬於自己時代的傳統，解讀並現代化古典詩的工作，根本的意義在這裏。

關於古典詩詞賞析的書，海峽兩岸過去已經出了不少，但這樣的書永遠有其需要，我們則期待後出轉精，不斷有新的發現和新的做法。

現在，臺北的漢欣文化事業有限公司將出版一套《詩詞坊》，主編者是上海古籍出版社的金性堯先生，金先生出生於一九一六年，是一位著名的散文作家，從二十幾歲起他主要的工作就是編輯，這樣一個「老編」所企劃編輯的套書，基本的可信度已經有了。我有幸先看過已經出版的香港中華書局版，覺得不管是選材或評述作品，都很能吸引讀者讀下去，大陸研究中國古典詩的同行，確實用心地爲我們做了最佳的導讀。

目前香港已出版的，包括《浪迹東坡路》、《蕭瑟金元調》、《閒坐說詩經》、《清詩的春夏》、《杜甫心影錄》、《劍氣簫心——細說龔自珍詩》、《南朝詩魂》、《詩詞話趣》、《晚唐風韻》、《縱放悲歌》。這裏面其實有一個很明顯的歷史脈絡，但這個意義並沒有被突出，而是以詩人的生命歷程、作品的內涵與詩藝表現爲敍述重點，著重藝術性、故事性和趣味性。在寫作成書方面，每一本都包含四、五十篇短文，每篇處理一首詩，或一個特定事件或主題，讀來輕快流暢，沒有什麼壓迫感。

臺灣的讀者可以藉此了解大陸學者對於古典詩的體會。文學可以跨越歷史和地理的鴻溝，兩岸共同面對同樣一個文學傳統，解釋或有所不同，但文學原來就容許多種角度的解釋，只要合情合理。面對這樣一套書，我想到的是，政治的中國雖然分離，而文學中國則是可以實踐的一個理想。

七八、九、台北

人間情分，豐饒誠摯
——《愛與生活小品》第一輯序

我只是想做一件事

一個讀會計的朋友說：好羨慕你們能用文字書寫，記錄生活感悟、批判社會現實，而且表達得那麼貼切具體，讀起來感覺眞好。是啊！人活著，看可愛的自然山水和人文景觀，做必要和不一定必要的事兒，想一些過去和未來，然後讓自己沉靜下來，自在地援筆落紙，綴字成句，織句成章，便是一篇篇文章了。寫的過程裏，你的情感再次波動，經驗再現，你思前想後，突然了悟一些道理。

那種感覺眞好，眞的，就好像現在，讀過一篇又一篇的愛與生活的小品散文，寫了一些筆記，試著把它們分類，一遍又一遍，終於把原來零散的篇章，理出一個系統，分卷命名，然後望著編定的目錄，自覺得做了一件重要的事，彷佛見著了來稿朋友們愉悅的眼神。

於是便想記錄我這心情了，原來這也是一種人間情分，張曼娟說的。在起初的時候，我只是想做一件事，而此事無關選舉，也與報上嚷嚷的蕭天讚關說案、余登發離奇死亡案，甚至於與古今文學的研究和教學皆不相干涉。簡單的說，我只是想聽一大羣人說心裏的話，或者和我素所敬愛的作家們共同完成一個新的成品。

這書終於是要出版了，表示想做的事已經做完，在生活中，這原也是一樁不大不小的事，用不著正經八百的說些大道理，可能的話還想繼續做下去，了解更多人的想法，和他們共同分享一些喜悅，共同負擔一些對這人世的責任。

關於這本書

以「人間情分」爲愛與生活小品的第一輯命名，正因它能完全具現此書的內容。這原不是什麼高深的學問，把聞見之間的思感書寫下來，不論是人情，或是物趣，甚或是帶點人生的哲理，無非都是人間情分。

不過，眼前擺著的問題卻是挺不易回答的，那就是什麼是愛？用愛去生活，會是一個什麼樣的生活形態和品質？生活中處處有愛，人們還說著要把失去的愛找回來，問題是，哪裏去找？如何找法？找回來以後呢？這可麻煩了，關於「愛」，怎麼說都只觸及一些，所以還是讓衆人來說。

〈卷一〉就是各種不同的愛的說法，總之一句話，愛就是愛，天下人間無非都是愛呢！所以〈卷二〉就眞是人間情分了，同胞之愛、師生之情，當然還有亙古不渝的男女情愛、人與家鄉的牽繫等等。而最素樸無私的，恐怕是骨肉倫理親情了，這正是〈卷三〉的主題了。接著便要我們進一步去理解，〈卷四〉所說，人情之外，天地也都有情，自然到處有愛；坐在天境中，如游喚所說，我歡喜自己屬於全開的天空之照臨。

最後的兩卷，〈卷五〉說明從那一段歲月走過來的心情，〈卷六〉比較多元，總是生活的感悟，想來都是接近眞理的。

鍾麗珠說，這一生我將無憾，無憾的正因有情。而我用愛編了這本書，我亦無憾，誠邀讀者諸君同遊有情天地，共賞這些豐饒而誠摯的人間情分。

不悔之書，無怨之情

——《愛與生活小品》第二輯序

《愛與生活小品》第一輯《人間情分》出版以後，頗獲讀者喜愛，在文學書籍市場普遍萎縮的情況下，讓我們感覺到：用心規劃，精心設計，能夠啓發、提昇讀者的出版品，是不會受到所謂景氣的影響的。也讓我們更有信心編出第二輯。

現在呈現在讀者面前的是《無怨之情》，這是一本極溫馨感人的家書散文。父母與子女之間、祖孫之間、夫妻之間，乃至於兄弟姊妹之間，以家爲核心，所開展出來的情感關係，有時單純自然極了，但有時又複雜到令人難以理解。家，誠然是一座避風港，是生命賴以安頓的重要之處；但常常，它又是一切痛苦的根源，是傷心之地。然則，家庭幸福畢竟是人間共同的理想，需要用心去經營，需要永遠不斷去努力。

本書計收卅一封家書，除溫小平一封，餘皆幾年前《商工日報》春秋副刊上的專欄文章，此事原委，有必要略作交代。

民國七十二年六月開始，在繁忙的教學和研究之外，我接編「春秋」副刊，那眞是一段令我難忘的歲月，許許多多識或不識的朋友，不計稿費之微薄，源源不斷供稿；好友焦桐操持編務，盡心盡力。我常爲此而感動。〈家書抵萬金〉是七十三年二月間推出的一個專欄，第一篇在十四日刊出，是我的老師史紫忱先生寫的〈殘夢寄雲天〉，專欄五字由史先生所題；爲強化此計劃的文學性，我以「李庸」筆名寫了一篇〈家書抵萬金〉，同時刊出。除此之外，還有一約稿文案，題目是〈家書抵萬金・請立卽行動〉：

> 我們都已經很久不寫家書了。也許您的家人在海峽的彼岸，也許在遙遠的鄉間，也許就在身邊，請提起您的筆，給他們寫封信：給父母，表達您的孺慕之思；給丈夫或妻子表達您暖暖的愛意；給兒女，給他一些生活的指針；給兄弟姊妹，細說從前以及現在……請支持這個溫暖的計畫。字數不限，大作請寄……

這三十篇便是從所有發表的作品中精選出來的，並全部獲得作者的同意。以「無怨」爲名，取自朵思之作；本序文另加「不悔之書」，意念來自蘇偉貞的〈終不悔〉，於是「不悔之書，無怨之情」就成了此書的最佳詮釋了。

最後，我願將當年所撰短文附載於此，讓讀者更能了解家書文學的特質與價值。

從應用的觀點看，家書不必一定要有什麼文學價值，然而從它可能的內容來看，卻會是扣人心弦的文學精品。撇開它做爲書信的外在形式，由於有特定的訴求對象，而此對象又是與自己最爲親近的人，則可想見，在情感、觀念的傳達上，它必然是迅速而有效的。

古往今來，家書之量當然無法算計，大概很少有人終其一生都沒有寫過或接過家書（不識字者往往請人代筆或代讀），但由於絕大部分的家書，都只是報平安、問候或簡述生活狀況、請求濟助等，相當個人式的，所以當它的任務一完成，便已失其價值，有則只是做爲紀念而已。

然而中國古代仍然有許多著名的家書留存下來了，如東方朔的〈戒子書〉、馬援的〈戒兄子嚴敦書〉、鄭玄的〈戒子益恩書〉、陸雲的〈與兄平原書〉、范曄的〈獄中與諸甥姪書〉、彭端淑的〈爲學一首示子姪〉、鄭板橋的〈與舍弟書十六通〉、曾國藩的家書、吳敏樹的〈京師寄家人書〉、林覺民的〈與妻訣別書〉，或論學談理，或表明心跡，或思前想後以爲告誡，質量皆頗爲可觀。

家書是書牘中一類，幾全是散文寫法。比起其他的書牘，它特別令人感到溫暖親切，對於一個離鄉背井之人，或是親人遠在他鄉異縣者，家書更顯得重要，尤其是在亂離之世，骨肉流離道路中，如杜甫所說，那時眞的是家書抵萬金了。

現代人是愈來愈不寫家書了，有人是寫了也無法投郵，有人是懶得寫、不必寫。但我們認為，家書確有其必要，做為維繫倫理親情，它有不可替代的重要性。因此，我們願意大聲地說：請大家多寫家書。

從前鄭板橋把他給弟弟的十六通家書編入文集，他說：「幾篇家信原算不得文章，有些好處，大家看看；如無好處糊窗糊壁，覆瓿盎而已！」不過，我們在這個專欄中所發表的家書，皆算得散文佳品，不只希望大家看看其中好處，我們相信，整體而觀，是可以看出當代中國的大悲劇，二、三十年來臺灣社會結構的轉變，現代人在倫理親情上的觀念以及面對事務的各種心態。

七九、九、一七、台北

山沓水匝，含情吐納

——《愛與生活小品》第三輯序

寫作一事，原沒有什麼奧秘可言，一個有文字能力的人，把聞見之間的感受與思索，寫了出來，組合而成篇章，便是所謂的作品了。大體來說，所聞所見無非自然山水，或是人事現象，二者也常結合在一起，既寫景，又敍事，同時在適當的段落抒情寄意，把外景和內情全都呈現了出來。

有一種情況是這樣：當你走過一處勝地美景，觸目皆是賞心悅目，於是不禁大爲贊嘆，更有一種用文字記錄下來的意願，或許是一種紀念，或許是想和他人一起分享你的喜悅；但也有可能如此：原來自自然然的好山好水，被人爲所破壞了，一想就氣，也許覺得必得向世人提出一些警訊，就這麼一邊敍述，一邊隨意議論起來。

凡此都是因爲你的足跡已至，看的聽的實在有所感受，引發你思索，這時候重要的是所思所感的深度和廣度，以及你究竟是如工筆畫般刻畫景象，或是素描般簡單幾筆勾勒特點。

前者很重要，需要經驗、智慧，甚至是知識的長期蓄積；後者是表現問題，牽涉到書寫的習慣、能力以及寫作時當下對於形式的選擇。

你當然可以把這類的文章說成是「遊記」，也確實是這樣，它是記遊之作，但因爲遊的目的和心情，記的方式寫法，都各有不同，所以通常一般人以爲遊記無非是寫些山水景物，頂多再加上一些趣事，但絕非只是如此，至少觀物思維，涉及一個人的思想形態，而行文之間，更不能忘記有關人與土地、生活與文化等具體事象。它之所以可能被重視，原因正在這裏。

劉勰在他那本巨著《文心雕龍》裏頭有一篇專談「物色」，對於文學創作與自然環境之間的關係，有相當精闢的見解，在文章的最後他說：「山沓水匝，樹雜雲合。目既往返，心亦吐納。」用現代的語體來說：山巒重重疊疊，流水廻環遼繞，樹的枝葉互相交錯，雲霧之氣四方集聚，面對這些自然山水，寫作者反覆觀察，凝神觀照，內心很有感受，於是就有了向外傾吐的衝動！從文學創作的本質上看，這些話講得很好，目和心的行動，成就了作品，顯現了人類精神文明最可貴一部分。

我平日裏頗愛讀山水文章，總覺得作家筆尖所及，風景草木如在眼前，如果曾親自到過當地，則可印證自己所得；如果尚無緣一遊，則紙上臥遊一番，這時作家有如導覽，則不止浮光掠影而已，而且可以窺情鑽貌，直探天地本心。

本書所選，總計二十四篇，皆一九四九年以前中國現代著名作家之作，以山水爲主，所寫含括大江南北，其中除山水景物，也有不少關涉時代社會諸事，皆頗爲可觀。在編排上區分爲三卷，〈古都名城〉北從瀋陽，南到廣州、成都；〈峻山奇峰〉有景山、泰山、廬山、峨眉山等；〈麗河明湖〉有江河湖泉，水聲淙淙，非常熱鬧。由於篇幅，無法容納更多，還請讀者原諒。

願讀者和我一樣喜歡這些文章，也建議讀者養成寫作旅遊札記的習慣，不必一定要發表，對自己來說，那是生命裏的一種記錄，是日後回憶時的一種媒介。

八十、三、二〇、台北

域外風光，異國情調

——《愛與生活小品》第四輯序

七〇年代中期，政府開放民衆出國觀光（一九七六），國人的國際視野乃不斷擴大。在此之前，我們只能透過報刊文章臥遊一番，所以在那個時代，作家所寫的遊記，縱使只是流水帳式的寫法，也能滿足讀者對於域外的好奇心理；但在此之後的情況就不一樣了，十幾年來出國人數之多，難以計數，國人的足跡遍及世界各地，這樣一來，遊記就不好寫了，一定要有新鮮事，有深感悟以爲文章內容，否則不容易發表、吸引閱讀者的注意。

出國旅行，最容易和自己的國家社會產生比較，然究竟是稱頌別人的好、對自己表示不滿，或者是剛好相反，這得靠遊客的習性和經驗，但總歸是好事，回國以後，難免口頭傳播一番，或多或少都會產生一些影響。

對一般人影響比較大的是記者和作家，因爲他們手上有一枝筆。通常是這樣，在還沒出國之前，他們對於將去的地方可能會做一點初步的了解，旅行途中當然會拍照，也很可能會隨手筆記一些景象及感受，做事積極而且筆下比較快的，旅行回來時，該寫的或許都寫出來了。

由於是短期去國，而且歡喜去玩，所以旅途中不大會有鄉愁，懷人則可能會有。面對異國風情，自然物色當然是一大重點，人文景觀更容易引發感悟，在這種情況下，異國遊記通常會融合感性的美之觀照與理性的批判反映；寫法上或偏於過程之敍述，或偏於外景與內情之描寫。不過最理想的是自然而靈活運用，至於要不要議論，那就看作家自己的了，依我看，即使想趁機表示意見，也得注意語言的和諧統一，就全篇來說，不能顯得突兀。

我常出國，但十之八九是因開會而去，來去匆匆，總無暇無心賞玩美景，所以每當發現記遊佳作，常會細細閱讀、用心體會，很敬佩作家的敏銳與細膩，更激賞他們驅遣文字的能力。但我似乎更愛看到人文景觀的描寫，以及作家深沉的感悟，這裏面帶有文化反思的成分，做爲一個作家，他應該能帶著讀者一起反省。

本書選錄廿五位作家的域外記遊之佳作，以區域略分爲三卷，卷一〈陽光約會〉主要是亞洲，包括日（四篇）、韓（兩篇）、泰（兩篇），另有一篇〈中東的以色列〉以及〈不算域外的香港〉；卷二〈山水因緣〉是歐洲，包括蘇聯（兩篇）、瑞典（一篇）、瑞士（一篇）、義大利（兩篇）、巴黎（兩篇）、西班牙（一篇）；卷三〈感性風景〉主要是美洲，包括加拿大（一篇）、美國（三篇），另有一篇南非，以及一篇跨國（美國、德國……）的抒情手記。

這些篇章寫法不一，各有所重，筆調也都是寫作者自家本色，編輯成册，顯得繁富多姿，須讀者細細品賞，體會作家爲文之用心及其不盡之意。

八〇、七、台北

三民叢刊書目

三民叢刊33

猶記風吹水上鱗

余英時 著

本書以紀念錢賓四先生的文字爲主，賓四先生爲一代通儒，畢生著作無不以重發中華文化之幽光爲志。透過作者的描述，我們不僅能對賓四先生之志節與學術有深入的認識，並對民國以來學術史之發展有一概念。

三民叢刊34

形象與言語

李明明 著

藝術是以形象代替作者的言語，而在形象與言語之外，仍還有其他種種相關的問題。本書作者從藝術與時代、形式與風格、藝術與前衛、藝術與文化五個方面剖析西方現代藝術，使讀者能對藝術品本身及其相關論題有一完整的認識。

三民叢刊35

紅學論集

潘重規 著

本書爲「紅學論集」的第四本。作者向來主張《紅樓夢》一書爲發揚民族大義之書，數十年來與各方學者論辯，更堅定其主張。本書爲作者歷年來關於紅學討論文字的總結之作，也是精華之所在。

三民叢刊36

憂鬱與狂熱

孫瑋芒 著

輕狂的年少，懷憂的中年，從鄉下的眷村到大都會的臺北，從愛情到知識，作者以詩意的筆調、鋪陳豐饒的意象，表現生命進程中的憂鬱與狂熱。以純藝術表現出發，而兼及反應社會脈動，不但樹立了獨特的個人風格，也爲散文藝術開拓了新境界。

三民叢刊37

黃昏過客

沙究 著

「為樸素心靈尋找一些普通相的句子」沙究在獲得時報短篇小說推薦獎時曾對他的寫作有如是的感言，他的作品就是最好的實踐。本書將帶領您從浮生眾相中探索人類心靈的面貌。

三民叢刊38

帶詩蹺課去

徐望雲 著

我們都或多或少的讀過現代詩，但對現代詩的了解卻很少，於是許多譁眾取寵的文字便假借現代詩的名義出現，讓「詩人」成為一種笑話。本書以輕鬆的筆調、嚴肅的心情，引導讀者更接近、更了解現代詩。

三民叢刊39

走出銅像國

龔鵬程 著

「有筆有書有肝膽，亦狂亦俠亦溫文」，身處時代之中的讀書人，傾聽時代之聲，即使漠然獨立，又豈真無關切奮激之情？看龔鵬程如何以慷慨纏綿之筆，為當今的社會文化現象把脈，提出處斷的良方。

三民叢刊40

伴我半世紀的那把琴

鄧昌國 著

本書為作者歷年來對工作及生活的感懷之作。作者以深厚的音樂素養和經歷，娓娓細訴生命中的點點滴滴。一把琴，陪伴走過半世紀的歲月滄桑，樂音寄託壯志，也撫平了激越胸懷。

三民叢刊41

深層思考與思考深層

劉必榮 著

本書收錄作者過去三年多在中國時報所發表的社論、專欄，以及國際現場採訪報導。不僅是世紀末的歷史見證，也代表了臺灣新一代知識分子，對國際局勢的某種思考與詮釋。

三民叢刊42

瞬間

周志文 著

在本書蒐集的短論中，作者以敏銳的觀察來分析這個急遽變化的世界，試圖找尋一些既存於人類心靈的永恒價值，這些價值並不因現象世界的崩解而全然消失，反而藉著不斷的試煉、考驗而更具體地存在。

三民叢刊43

兩岸迷宮遊戲

楊渡 著

本書收錄作者對兩岸關係一系列的分析報導。作者以新聞記者敏銳的觀察力，探索臺灣命運與前途，並試圖帶領大家由「統獨」「兩岸關係」的迷宮中走出來。

三民叢刊44

德國問題與歐洲秩序

彭滂沱 著

近一世紀來，德國的興衰分合不僅影響了歐洲的政治秩序，也牽動了整個世局。本書以「德國問題」的本質爲經，以歐洲秩序的變化爲緯，探索一八七一年至一九九一年間德國與歐洲安全體系的關係。

國立中央圖書館出版品預行編目資料

文學關懷／李瑞騰著. --初版. --臺北
市：三民，民81
面；　公分. --（三民叢刊；45）
ISBN 957-14-1923-0（平裝）

1. 中國文學-論文，講詞等

820.7　　　81004588

© 文學關懷

著　者　李瑞騰
發行人　劉振强
著作財產權人　三民書局股份有限公司
印刷所　三民書局股份有限公司
地址／臺北市重慶南路一段六十一號
郵撥／〇〇〇九九九八——五號
初　版　中華民國八十一年十月
編　號　S 85229
基本定價　肆　元
行政院新聞局登記證局版臺業字第〇二〇〇號

ISBN 957-14-1923-0（平裝）